사북

사북

검은 핏방울

초 판 1쇄 2024년 11월 27일

지은이 조강우
펴낸이 류종렬

펴낸곳 미다스북스
본부장 임종익
편집장 이다경, 김가영
디자인 윤가희, 임인영
책임진행 안채원, 이예나, 김요섭, 김은진, 장민주

등록 2001년 3월 21일 제2001-000040호
주소 서울시 마포구 양화로 133 서교타워 711호
전화 02) 322-7802~3
팩스 02) 6007-1845
블로그 http://blog.naver.com/midasbooks
전자주소 midasbooks@hanmail.net
페이스북 https://www.facebook.com/midasbooks425
인스타그램 https://www.instagram.com/midasbooks

ISBN 979-11-6910-941-3 03810

값 19,500원

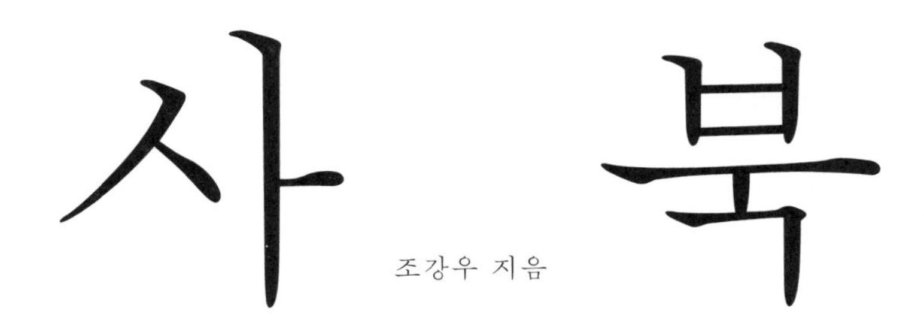

조강우 지음

검은 핏방울

미다스북스

차 례

1부
검은 지옥

2부

혼돈의 탄광

3부

심연, 외로운 여정

1부

검은 지옥

돌아온 탕아

사북….

상경 후 그곳에 단 한 번도 돌아간 적이 없었다.

"자네가 한번 다녀와 봐. 혹시 모르잖아. 뭐라도 건질지."

"다른 기자한테 시키시면 안 됩니까?"

"자네 고향이잖아. 그리고 기회가 오면 잡아야지. 언제까지 아무도 안 읽는 삼류 기사나 써 대면서 살 거야? 그런 기자는 필요 없어."

내가 머뭇거리자 편집장이 말했다.

"배가 불렀군. 일하기 싫으면 아예 관두던가. 여기 들어오겠다고 싸구려 과자라도 사 들고 오는 친구들 수두룩해."

편집장은 내게 출장을 명령했다. 나는 옛 동창의 추천으로 간신히 얻어낸 작은 신문사 기자 자리라도 연명하기 위해 돌아가야만 했다. 정말로 돌아가기 싫었던 그곳. 사북에 대한 기억은 항상 흐리멍덩한 날씨와 잿빛 기침을 연신 해 대며 탄광에서 터덜터덜 나오는 광부들, 그리고 집에 돌아와 술만 들입다 퍼마시던 주정뱅이 아버지가 전부였다. 어머니는 나를 낳고 얼마 지나지 않아 집을 나갔다. 그런 어머니가 가끔 그리울 때는 있지만 어머니를 탓하지는 않는다. 내가 어머니였어도 그 지옥 같은 곳에서 도망치려고 했을 테니까.

"이번에 갈 때는 종석이도 데리고 가. 그 친구도 경험 좀 쌓아야지."

"…알겠습니다."

결국 나는 그곳으로 돌아가고 있다. 내가 도망쳐 온 그곳으로. 덜컹거리는 기차 안에서 후배 기자 종석과 함께 좁은 좌석에 끼어 앉아 도살장으로 끌려가듯 돌아가고 있었다.

"선배."

"왜?"

"사북은 어떤 곳이죠?"

"그건 왜?"

"선배 고향이 사북 아닙니까?"

"맞아."

"그럼 잘 아시겠네요. 저는 출장은 처음이라 조금 떨리네요."

"그래."

첫 출장에 들뜬 후배 녀석. 내 마음은 아는지 모르는지 혼자 신이 나서 이것저것 떠들어 대고 있었다. 그러는 사이 기차가 도착했다. 역에서 내려 시커먼 연기를 콜록거리며 내뿜는 낡은 버스를 타고 산길을 따라 들어갔다. 그리고 버스에서 내리고 다시 험한 산길을 한참 걸었다.

"선배, 이 길이 맞아요?"

"맞으니까 따라오기나 해."

지금 내가 걷고 있는 길이 내가 걸어왔던 길이라는 것을 잘 알기에. 기억 속에서 잊히기를 바랐는데 정작 어제 이 길을 걸은 것처럼 느껴진다. 비록 좁고 험한 산길이지만 가장 빠르게 사북으로 갈 수 있는 길이다. 바꿔 말하면 이 길이 가장 빠르게 사북을 빠져나올 수 있는 길이다. 그래서 내가 이 길로 도망쳐 나왔었다. 걸으면 걸을수록 마음이 무거워졌다. 점점 하늘이 잿빛으로 변해 가고 매캐한 광석 냄새가 느껴지기 시작했다. 검은 산속으로 빨려 들어가듯 걸어가니 한 민가가 보이기 시작했다.

"선배, 제대로 온 것 맞아요? 길이 이렇게 험한데…."

나는 아무 말도 하지 않았다.

"제가 한번 물어보고 올게요."

후배는 시키지도 않았는데 자기 혼자 근처에 있는 민가로 사라졌다. 잘됐다. 담배나 한 대 피워야지. 바로 앞, 길 한가운데에 장승 하나가 서 있었다. 시꺼멓게 그을린 장승에 보일락 말락 하게 글이 새겨 있었다.

天下大將軍

천하대장군

과연 이 보잘것없는 나무 막대기는 자신의 역할을 하고는 있는 걸까. 거창한 이름을 가지고 있지만 사북은커녕 자기 몸뚱어리 하나 건사하지 못하는 무능한 존재가 아닐까.

장승 옆에 평평해 앉기 좋은 바위가 있었다. 거기 앉아 담배를 피웠다. 담배를 한 모금씩 들이마실 때마다 마음이 더 무거워지는 것 같다.

내가 도대체 여기서 무엇을 하고 있는 것일까….

"서울에서 왔어요?"

고개를 돌려 보니 단정한 교복을 입은 여학생이 나를 바라보고 있었다. 이 산길에서 그것도 여학생을 마주칠 거라고는 상상도 못 했다. 상당히 험한 길이다. 어쩌면 여기 근처에 사는 아이일 수도 있겠지.

"응."

"뭐 하시는 분이세요?"

"기자야."

"정말요?"

"응."

"그걸 어떻게 믿어요?"

왜 다들 나를 귀찮게 하는 거지.

나는 기자증을 꺼내 소녀한테 보여 주었다. 그 아이는 기자증을 유심히 보더니 말했다.

"정말이네요."

"그렇다니까."

나는 한숨을 내쉬며 기자증을 집어넣었다.

“다행이다.”
“뭐가?”
“경찰인 줄 알았어요.”
“경찰이면 안 되는 이유라도 있니?”
“네.”
소녀는 시무룩하게 말했다.
“다들 붙잡아 가고 때리잖아요. 지금은 쫓아냈지만.”

말로만 들었다. 광부들이 들고일어나서 파업했다고. 경찰까지 쫓아낼 정도면 보통 일은 아니겠지. 하긴 이런 세상에 폭력 경찰들이 어디 한둘인가.

“경찰들을 쫓아냈다고?”
“쫓아냈다기보다는 도망갔어요.”
“그렇구나.”
“그 와중에 경찰들이 차를 훔쳐 타고 도망치면서 광부들을 여럿 치고 지나갔어요. 다들 분노가 이만저만이 아니에요.”
“그 광부들은 괜찮니?”
“차에 치였는데 괜찮겠어요?”

억울한 죽음을 당했겠지. 분명 광부들의 분노가 하늘을 찌를 것이다. 여간 보통 일이 아니다.

“이거 받아요.”

"뭔데?"

"감자요."

소녀는 내게 삶은 감자를 쥐여 주었다. 따뜻했다.

"좋은 글 써 주세요."

"괜찮아. 마음만 받을게."

"그냥 받아요."

"…고맙다. 잘 먹을게."

이 호의를 내가 갚을 수 있을까. 나는 그저 시키는 대로 쓰는 졸개일 뿐인데.

"여기 상황은 어떤지 알려 줄 수 있니?"

그러자 소녀가 한숨을 내쉬며 말했다.

"다들 화가 났어요. 제때 밥도 안 주고 돈도 안 준대요."

그렇겠지. 그러니까 들고일어났겠지.

사북의 탄광은 국내 최대의 탄광이었다. 전국 채탄량의 10분의 1을 넘게 생산하고 있었다. 그리고 가뜩이나 중동의 사정 때문에 석유가 귀해진 지금 석탄의 필요성은 더욱 중요했다. 그러나 현재 사북탄광의 상황은 매우 열악하다. 적어도 내가 떠날 때만 해도 갱도 매몰사고가 빈번하게 일어났었고 진폐증에 시달리는 광부가 허다했다.

"그런데 더 문제가 있어요."

"그게 뭔데?"

"아저씨 이름이 뭐예요?"

"박창."

"외자예요?"

"응."

소녀는 주위를 둘러보더니 가까이 다가와 앉았다.

"아저씨가 기자라니까 아저씨만 알려 드릴게요."

"대체 무슨 이야기인데?"

"우리 학교 친구들이 다들 미쳐 가요."

어른들 일이 아이들에게도 당연히 부담이 될 것이다.

"조금만 참아. 너희들이 고생이 많을 거야. 그럴 때일수록 공부를 더 열심히 해야 해."

"아니요. 그게 아니에요."

소녀는 고개를 세차게 가로저었다.

"정말 정신을 잃어 간다고요."

도무지 이해가 되지 않았다. 이 아이가 무슨 말을 하는지 도통 감이 잡히지 않았다.

"…정신을 잃어 간다니?"

"입에 거품을 물고 경기를 일으킨다고요."

"아이들이?"

"네. 처음엔 한 명이었는데 이제는 벌써 여러 명이에요."

이 아이 맛이 간 건가?

“다들 파업에 온통 신경이 가 있어서 아무도 저희에게 관심을 안 가져요.”
헷갈렸다. 그냥 보기에는 멀쩡한 아이 같았다.
“아저씨가 도와주세요.”
“어른들한테 말해 봤니?”
“네. 그런데 다들 시위하느라 아무도 신경을 안 써요.”
“얘, 너 이름이 뭐니?”
“지웅이요.”
“지웅?”
“최지웅이요.”
“그러니까 네 친구들이 미쳐 간다고?”
“정말이라니까요.”
나는 아직도 믿지 못하고 있었다.
“못 믿겠으면 사북여고로 한번 와 보세요. 아니, 와 주세요. 제발. 도와주세요. 너무 무서워요.”

아이들이 미쳐 간다고?

그때 후배가 나를 불렀다.
“선배! 여기가 맞대요!”
다시 고개를 돌리니 아이는 사라지고 없었다. 내 손에 쥐어진 감자는 아직 따뜻했다. 그 아이는 내 도움이 필요하다고 했다.

"선배, 이건 뭐예요?"

후배가 감자를 가리켰다.

"뇌물."

"네?"

"됐다. 너 먹어."

나는 후배에게 감자를 줬다. 후배 녀석은 고맙다며 감자를 먹었다. 무슨 일인지는 모르지만 아무래도 내가 해야 할 일이 생긴 것 같다. 그래. 그렇게 질색하는 곳이지만 기왕 왔으니 뭐라도 하고 가자. 내가 해결할 수 있는 일이라면 해야지. 아이들이 미쳐 간다고 했다. 애들은 죄가 없다. 물론 여기 어른들도 광부들도 모두가 죄가 없다. 그러나 다들 그들의 생존에 정신이 팔려 아무도 아이들을 돌보지 않고 있는 것 같다. 위에서 시키는 대로 거지 같은 글만 베껴 왔어도 명색이 기자라는 직업을 가졌으니 적어도 무슨 일인지 알아보기라도 하자.

그럼 후회라도 하지 않겠지.

"야."

"네?"

후배가 감자를 우물거리다 나를 쳐다보았다.

"너는 왜 기자가 되고 싶었냐?"

그러자 후배는 감자가 목에 걸렸는지 캑캑거렸다.

"괜찮아?"

후배는 꿀떡 삼키더니 내게 결연한 표정으로 말했다.

"그야 진실을 전할 수 있으니까요."

아직 어린 건가. 진실을 전하는 게 얼마나 어려운 세상인지 알고 말하는 건가. 아니면 젊음의 치기로 우악스럽게 내뱉는 걸까.

"우리가 할 일이 생긴 것 같다."

"그게 뭐죠?"

"가야 할 곳이 생겼어."

"그게 어디인데요?"

파업은 뻔한 이야기겠지. 그러나 아이들이 미쳐 간다고 했다. 아이들이 다쳐 간다. 이유가 있을 것이다. 막아야 한다. 이 험난한 세상, 빚지고는 살 수 없는 법이니까.

"사북여고."

사북

"거기 뭐가 있는데요?"

"학생들이지."

"학생들은 왜요?"

"아이들한테 무슨 일이 일어나는 것 같아."

후배는 떨떠름하게 나를 쳐다보았다.

"선배."

"응."

"저희는 파업을 취재하러 왔어요."

"그래서?"

"기자라면 당연히 그걸 취재해야지요."

맞다. 내가 여기 온 목적. 생존을 위하여 목숨을 건 파업이라고 쓸지 아니면 빨갱이들한테 세뇌당한 폭력집단이라고 쓸지. 아마 편집장은 후자를 택할 것이다.

그래야 살아남을 수 있는 시대니까….

“너는 우리가 여기서 본 것을 그대로 전한다고 해도 그게 기사 한 토막으로라도 나가리라고 생각하니?”
“당연히 그래야 하는 거 아닌가요?”
“너 들어온 지 얼마나 됐다고 했지?”
“이제 석 달 되었습니다.”

반년도 채 안 된 말랑한 녀석이 작금의 세상을 알 리 없다.

“그래서 너는 뭘 어떻게 하고 싶은데?”
“그야 여기서 일어나는 일을 정확하게 알려야죠.”
“너는 지금 세상을 모르니?”
후배가 굳은 표정으로 내게 말했다.
“선배가 어떻게 생각할지는 모르지만, 저도 잘 압니다. 지금은 잘못되어 있다는 것을.”

젊음의 치기인지 어리석은 초짜인지 어쩌면 그 둘 모두일 수도 있다. 혼자 세상에 부딪히겠다. 좋다. 나도 한때는 그러고 싶었다. 그런데 안 되더라. 모두가 함께 덤벼도 돌아오는 건 총알 세례더라. 그 누군가 펜이 칼보다 강하다고 했다. 아닌 것 같다. 총칼과 탱크 앞에서 펜은 아무것도 하지 못한다는 것을 나는 보았다. 그런데 이 친구는 지금 스스로 펜대를 잡을 힘조차 없으면서 겁 없이 말하고 있다. 필시 이 파업은 빨갱이들이 꾸민 폭력시위로 정의될 것이다. 나와 후배가 할 수 있는 것은 기껏해야 사진이나 찍고 정권이 원하는 대로 글을 받아 적는 일이다. 그런데 모두가 신경 쓰지 않는 일이 있다. 그 소녀가 도와 달라고 말했다. 적어도 이 일은 내가 뭐라도 할 수 있지 않을까.

"그래. 알았다. 일단 가 보자. 현장으로."

우리는 말없이 걸었다. 사북. 그곳으로 들어갈수록 점점 소란스러웠다. 여기저기 현수막이 달려 있고 그 안에는 시뻘겋게 생존권을 보장하라는 문구들이 적혀 있었다. 점점 사람들이 많이 보이기 시작했다. 다들 칙칙한 회색 옷을 입고 목에는 손수건이나 마스크를 달고 있었다. 우리가 나타나자 경계하는 시선이 느껴졌다. 우리의 출현이 반가운 일이 아닌 것 같았다. 그게 아니면 아까 그 아이가 의심한 것처럼 우리를 사복 경찰이라고 생각할 수도 있겠다.

"이제 어떡하죠?"

후배가 물었다. 씩씩하게 말하더니 막상 현장에 와 보니 당황한 것 같다.

"여기가 현장이야. 네가 원하는 취재를 할 수 있는 곳."

"그럼 제가 사람들 좀 만나고 올까요?"

"그래. 한번 네가 만나 봐. 나는 여기 좀 둘러보고 있을게."

저 친구에게는 좋은 경험이 되겠지. 그리고 내게는 혼자 있을 시간도 생기고.

나는 후배를 보내고 광산 사무소로 향했다. 진짜 취재를 할 수 있는 곳이 여기다. 여기가 어떤 상황인지 가장 잘 알 수 있을 것이다. 사무실로 가는 길에는 여러 사람이 서 있었다. 다들 각목이나 쇠 파이프를 들고 있었다. 임금을 올리라는 표지판을 든 이들도 많았다. 그때 그들 중 누군가가 내 앞을 거세게 밀치며 막아섰다. 아무래도 저들 무리 중에서 우두머리인 것 같다.

"당신 누구야?"

"저는 서울에서 온 기자입니다."

"여기는 왜 왔어?"

점점 사람들이 내 주위로 몰려들었다.

"여기 상황을 취재하러 왔습니다."

"그걸 우리가 어떻게 믿어?"

나는 기자증을 꺼내 보여 주었다. 그는 기자증을 보더니 고개를 갸웃거렸다.

"박창…?"

"저 정말 기자 맞습니다."

"아! 자네 혹시 박 씨 아들이야?"

한숨이 나왔다. 이 위협을 빠져나가는 길이 내가 그토록 싫어하는 주정뱅이 광부의 아들임을 밝히는 것뿐이었기에.

"맞습니다."

사람들이 수군거렸다.

"그 서울 가서 기자 한다는 친구?"

다시 기자증을 돌려받았다. 험악한 표정을 하고 내게 몰려든 사람들은 다시 흩어졌다.

"미안해. 요즘 프락치들이 하도 많아서 말이야."

"괜찮습니다. 이해합니다."

"그래. 여기 취재하러 온 거야?"

"네. 그렇습니다."

그는 내 손을 꼭 붙잡고 말했다.

"제발 글 좀 잘 써 줘. 다들 여기 일을 알아야만 해. 여기가 얼마나 어려운지 다들 알아야 한다고."

맞다. 여기만큼 어려운 곳이 없을 것이다. 내가 떠날 때만 해도 제대로 된 상수도 시설은 찾아보기 힘들었었다. 그 때문에 아낙네들은 저 멀리 냇가까지 가야만 했다. 강원도 산골의 특성상 가을만 돼도 온몸이 시린 추위가 몰려왔기 때문에 연탄난로는 필수였다. 그러나 제대로 된 시설이 아니었기에 연탄가스 중독으로 죽는 사람들이 허다했다. 그래도 얼어 죽을 수는 없었기에 다들 알면서도 연탄난로에 기대야 했다. 이게 사람 사는 꼴이 맞냐고 울부짖는 이들이 많았다. 심지어는 스스로 목숨을 끊는 이들도 있었다.

그러나 과연 내가 저들이 원하는 글을 쓸 수 있을까….

그가 꼭 붙잡은 내 손이 검댕에 까맣게 변했다.

"제가 사무소에 한번 가 봐도 될까요?"

"거기는 왜?"

"여기 소장한테 상황 좀 물어보려고요."

그러자 그는 얼굴을 찡그리며 질색했다.
"여기 사람들이 들고일어난 게 다 소장 때문이야."
"무슨 말씀이시죠?"
"그 새끼가 우리 돈을 빼돌려서 모으고 있었어. 쥐똥만 한 돈 받으면서 목숨 걸고 일하는 사람들이 우리야. 그런데 그 돈도 제때 안 주고 자기 배때기만 불리고 있더라고. 그동안 탄광에서 죽고 다친 사람이 몇인지는 알기나 해?"

여기로 내려오기 전 서울에서 확인한 기록은 이랬다.

광산 재해 현황

1972년 : 사망 187명 / 중상 1,647명 / 경상 4,511명
1973년 : 사망 264명 / 중상 1,579명 / 경상 3,328명
1974년 : 사망 252명 / 중상 1,742명 / 경상 3,370명
1975년 : 사망 270명 / 중상 1,945명 / 경상 4,362명
1976년 : 사망 240명 / 중상 1,937명 / 경상 3,690명
1977년 : 사망 219명 / 중상 1,896명 / 경상 3,825명
1978년 : 사망 195명 / 중상 2,074명 / 경상 3,350명
1979년 : 사망 221명 / 중상 2,270명 / 경상 2,873명
1980년 : 사망 170명 / 중상 2,436명 / 경상 3,387명
1981년 : 사망 226명 / 중상 2,809명 / 경상 3,671명
1982년 : 사망 199명 / 중상 2,545명 / 경상 3,240명

그러나 여기 기록된 광산 재해 피해자의 숫자도 매우 간략화된 것이다. 대부분의 탄광 회사는 사망 사고가 나면 위로금이란 명목의 푼돈 몇 푼을 유족에게 던져 주고 덮어 버리기 일쑤였다. 만약 가족도 없이 혼자 일하러 온 사람이 일을 당하면 그냥 암매장해 버리는 사례도 다반사였다. 저기에 집계된 인원은 그나마 노조가 이름으로나마 존재하는 제법 큰 회사들에서나 확인된 것이니 실제로 죽은 모든 인원을 다 더한다면 얼마나 될지 짐작조차 어렵다. 광부들은 이렇게 사정이 어려웠다. 분명 관심을 가지고 찾아보면 알 수 있었다. 이 어마어마한 피해를. 그러나 이에 관심을 기울이는 이들은 사북의 광부들 빼고는 없었다. 사는 곳도 일하는 곳도 형편없는 이곳에서 임금마저 제대로 주지 않은 것이다. 오히려 지금까지 들고 일어나지 않은 게 신기할 지경이다.

"그래도 한번 말은 나눠 보겠습니다. 지금 어디 있죠?"

그가 광산 입구를 가리켰다. 거기에는 피투성이가 된 얼굴을 한 남자가 줄에 묶여 있었다. 목에는 '나는 쓰레기입니다.'라고 적힌 글이 매달려 있었다.

"저 개새끼 말 들을 필요 없어."

"…저래도 됩니까?"

그러자 그가 험악한 얼굴로 나를 쳐다보았다.

"경찰들 동원해서 우리 여자들 치마 벗기고 아이들까지 몽둥이로 때렸어. 그런데 저게 뭐가 어때서?"

줄에 묶인 남자는 힘없이 고개를 늘어뜨리고 있었고 그 앞에서는 광부들이 낄낄거리며 몽둥이로 그의 고간을 찔러 대고 있었다. 보기 싫은 광경이었다. 나는 고개를 돌렸다.

"쫓아내셨다고 들었습니다. 어떻게 하신 겁니까?"

그는 씩 웃으면서 말했다.

"우리는 원래 목숨 내놓고 일하는 사람들이야. 우리가 마음만 먹으면 못 하는 게 없어."

"…그렇군요."

"저기를 봐 봐."

그가 멀리 보이는 작은 다리를 가리켰다. 그곳에는 여러 사람이 서 있고 뒤에는 새카만 돌들이 산처럼 쌓여 있었다.

"경찰이란 것들, 돌 몇 개 던졌다고 다 도망가더라. 그렇게 우리를 괴롭히던 녀석들이 경찰서에 돌 좀 던지니까 줄행랑을 치더라고."

"그러면 지금 여기 경찰은 단 한 명도 없는 겁니까?"

"당연하지. 한 놈도 없어. 경찰서도 없는데 무슨 경찰이 있어."

"…네?"

"우리가 불태웠어. 재만 남을 때까지. 개새끼들."

"나중에 분명히 다시 돌아올 텐데 그때는 어쩌시려고 그럽니까?"

"아, 올 거면 오라고 해. 대통령이 와도 저 다리는 못 건너."

이 사람들의 분노. 내가 감히 가늠할 수 없겠지. 그렇지만 폭력에 폭력으로 대응하면 돌아오는 것은 더 거센 폭력일 뿐이다. 애초에 무자비한 폭력으로 일어선 정권이다. 그런 그들에게 돌멩이 몇 개 던진다고 과연 이 모든 게 해결이 될까?

그가 내 어깨를 툭 치며 말했다.
"자네 글 똑바로 써. 제대로 알리라고."
"예. 알겠습니다."
"박 씨 아들이니까 내 믿을 거야."

그 주정뱅이가 여기서는 꽤나 굳은 사람이었구나….

"그런데 성함이 어떻게 되십니까? 여기 분들은 제가 떠난 지 오래되어서 잘 모릅니다."
"나 최건광이야. 아무 데나 가서 내 이름 석 자 대면 뜨신 밥은 얻어먹을 수 있을 거야. 뭐, 자네 아버지 이름 대도 그렇겠지만."
그는 자신의 이름을 으스대며 말했다.
"고맙습니다."
"그럼 나는 가 볼 테니까 사진 좀 잘 찍어 줘."
나는 자리를 뜨려는 그를 붙잡고 말했다.
"저기, 여쭤볼 게 있습니다."
"뭔데?"
"혹시 사북여고에 무슨 일 있습니까?"
그는 전혀 모르겠다는 표정을 지었다.
"…사북여고?"
"예. 거기 학생들은 괜찮나요?"
"잘 모르겠는데?"
"알겠습니다. 감사합니다."

아무래도 직접 가 봐야 할 것 같다. 여기 일도 일이지만 아이들이 미쳐 간다고 했다. 그런데 자기 이름을 대면 호의를 받을 거라고 호언장담까지 하는 사람이 정작 아무것도 모르는 눈치다. 대체 무슨 일인 걸까. 그때 어떤 아줌마가 달려와 최 씨 아저씨를 불렀다.

"빨리 와 봐요! 일 났어, 지금."

"무슨 일인데?"

"아. 글쎄 외지인이 붙잡혔는데 경찰인 것 같아."

"그래? 가 보자고."

무언가 불길했다. 아줌마를 따라가니 사람들이 한데 모여 고성을 질러 대고 있었다. 안에서는 누군가 얻어맞고 있는 듯했다.

"여기가 어디라고 기어들어 와!"

넘어져 있는 이를 자세히 살펴보니 종석이였다.

"종석아!"

아저씨는 사람들을 말리며 내게 물었다.

"아는 놈이야?"

종석이가 코피를 흘리며 비틀거렸다.

"예. 제 후배입니다. 경찰 아니에요."

아저씨가 사람들을 진정시켰다.

"괜찮아? 어떻게 된 일이야?"

종석이 가쁜 숨을 내쉬며 말했다.

"제가 말씀 좀 여쭤보려고 했는데 경찰이라고 의심하시더라고요."

내가 후배를 부축하자 다들 수군거렸다.

기자래, 기자.
우리가 착각한 거야?
아이고. 그런가 봐. 젊은 총각한테 미안해서 어쩌나.

아저씨의 설명에 다들 후배에게 다가와 사과했다.

정말 미안해. 우리가 다들 지금 날카로워서 그래.
그래. 미안하네. 사과의 의미로 이따가 저녁에 탄광 앞으로 와.

사과를 하는데 탄광 앞으로 오라는 게 무슨 뜻인지 이해가 되지 않았다.
"거기는 왜요?"
"오늘 돼지 잡을 거야."

하긴 광부들에게 돼지고기는 빼놓을 수 없는 음식이지. 그 불판에서 끓어오르는 돼지기름이 매캐한 탄광에서 고된 노동을 뒤집어쓴 광부들을 녹여 주니까.

"그런데 궁금한 게 있어."
"뭐죠?"
"자네들 여기 어떻게 들어온 거야? 다리는 우리가 막고 있는데."
"산길로 왔습니다."
"산길?"
"예."

그는 잠시 고개를 갸웃거렸다.

"아. 그 뒷길로 왔구먼."

"예."

"하긴 여기 웬만한 토박이도 모르는 길이긴 하지. 알았어. 가 봐."

그는 경찰들이 다른 길로 들어올까 염려하는 것이다. 당연히 그럴 것이다. 그러나 내가 들어온 길은 너무도 좁고 험하다. 그리고 여기 사람 중에서도 아는 사람이 별로 없다. 아마 경찰들이 그곳으로 들이닥치기는 힘들 것이다.

"예. 알겠습니다. 저희는 가 보겠습니다."

"이보게. 창이!"

"네?"

"저녁에 아버지도 모시고 와!"

그러고 그는 사라졌다.

"괜찮니?"

후배는 아직도 헐떡거리고 있었다.

"원래 현장이 이렇게 힘든 건가요?"

"다 이렇지는 않은데 앞으로 현장 많이 나가 볼 테니까 신고식 했다고 생각해."

그 말에 후배는 고개를 끄덕거렸다.

"선배는 어떻게 멀쩡해요?"

아버지.

내가 그토록 싫어하는 아버지 때문이다.
"아버지가 여기 토박이야."
"아. 그러시구나."
후배가 손으로 코피를 닦아 냈다.

홀로 정의감에 불타더니 제대로 혼 좀 났구나.

"그래. 막상 현장에 오니까 힘들지?"
"제가 생각했던 것보다는 많이 다르네요."
후배의 말에 웃음이 나왔다.
"그런데 선배는 아버님 뵈러 안 가시나요?"

그 사람을 보기 싫어서, 이곳을 잊고 싶어서 떠난 곳이다.

"연락 안 한 지 오래야."
"이따가 데리고 오라고 하셨잖아요."
나는 아무 말도 하지 않았다.
"선배."
"응?"
"아무래도 선배랑 저랑 각자 따로 취재하는 게 여러 분들의 말을 들을 수 있으니까 더 낫겠죠?"
"그렇겠지."
"그럼 이따가 저녁에 탄광 앞에서 만나는 걸로 할까요?"

내가 후배의 나이였을 때와 비교가 되었다. 나는 내가 살 길을 찾느라 바빴었다. 지금도 그렇고.

"너는 무섭지도 않니?"

"뭐가 무서워요?"

"그렇게 두들겨 맞았는데 무섭지도 않냐고."

"이제 오해 풀렸잖아요. 그럼 일해야죠."

"알았다."

"그럼 이따 탄광에서 뵐게요."

그러고 후배는 사라졌다. 나는 혼자 남겨졌다. 하늘은 몹시 흐렸다. 회색 구름이 가득했다. 마치 여기 사북처럼.

나는 무엇을 해야 할까. 아저씨가 아버지를 데리고 오라고 했다. 그를 만나러 내가 태어난 곳. 그곳으로 가야 하는 것인가. 생각해 보니 이곳에 있는 동안 지낼 곳도 찾아야 했다. 여기 사람들에게 잠자리를 부탁하는 것도 민폐겠지. 그렇게 나는 무거운 발걸음을 옮겼다. 제발 잊히기를 바랐는데 내 기억이 발걸음을 인도했다. 산속 좁은 비탈길을 걸어 들어가니 멀리서 내 집이 보이기 시작했다. 집은 시커멓게 그을린 콘크리트 담으로 여전히 둘러싸여 있었다. 달라진 건 없었다. 나는 조심스럽게 대문을 열고 들어갔다. 사람이 사는 기척이 느껴지지 않았다. 조용히 마루에 걸터앉았다.

"왔니?"

안에서 아버지의 낮은 걸걸한 목소리가 들렸다.

"…네."

"취재하러?"

"…네."

"밥은 먹었어?"

"이따가 탄광 앞에서 돼지 잡는다고 하네요. 아버지도 데리고…."

"먹고 와라."

아버지가 말을 끊었다.

"…네."

"자고 가니?"

"여기 오래 안 있습니다."

"…그렇구나."

"네 방 비어 있으니까 거기서 지내라."

"…네."

그리고 침묵이 흘렀다. 마루에 앉아 있을 뿐인데 이곳의 기운이 내 온몸을 옥죄고 있는 기분이었다. 결국 못 참고 자리에서 일어났다. 나는 말없이 집을 나왔다. 그리고 정처 없이 걸었다.

이곳에서 내가 무엇을 하고 있는 걸까. 내가 무언가를 할 수는 있는 걸까. 맞다. 도움이 필요하다고 했다. 그 아이가 그랬다. 적어도 무언가를 받았으니 최소한의 보답은 해야겠지.

나는 발걸음을 사북여고로 돌렸다. 기억을 더듬으며 걸었다. 내 기억 속에 광산 뒤에 학교가 하나 있었던 것 같다. 시끄러운 탄광 앞을 지나쳐 광산 뒤로 향했다. 점점 소음이 멀어져 간다. 그곳으로 가 보니 작은 학교가 하나 나왔다. 곧 무너질 듯, 마치 불에 타다 만 것처럼 칙칙하게 생긴 건물이었다. 교문은 잠겨 있었다. 수업이 끝나서 그런 것인지 아니면 수업을 안 하고 있는 것인지는 알 수 없었다. 나는 담을 넘었다. 이 낮은 돌담 하나 넘는다고 붙잡으러 올 사람은 없겠지. 학교 안은 불이 다 꺼져 있고 정적만이 흘렀다. 이곳에서 아이들이 미쳐 간다고 했다. 무언가 학교에서 매캐한 냄새가 나는 것 같았다. 아무도 없는 곳에 홀로 있으니 갑자기 정신이 아득히 어지러웠다.

"누구세요?"

고개를 돌려 보니 하얀 옷을 입은 젊은 여자가 서 있었다.

"저는 기자입니다. 서울에서 왔습니다."

"어떻게 들어오셨어요? 교문을 조금 전에 닫았는데."

그러고 보니 저 사람의 시각에서는 내가 침입자일 것이다.

"담을 넘어서 들어왔습니다. 죄송합니다."

"담이요?"

"…죄송합니다."

"그러시군요. 그런데 여기는 왜 오셨어요?"

막상 아이들이 미쳐 간다는 말을 듣고 왔다고 이야기하려니 정작 내가 이상한 사람으로 보일 것 같았다.

"제가 어떤 이야기를 들었는데 학교에서 안 좋은 일이 일어난다고 해서요."

"누가 그래요?"

"그… 어떤 학생한테 들었습니다."

그녀는 잠시 나를 바라보았다.

기자증이라도 보여 줘야 하나.

"아니라면 죄송합니다. 가 보겠습니다."
다시 나가려고 할 때 나를 불러 세웠다.
"저기요!"
"네?"
"안 좋은 일이 일어나고 있기는 해요."
"어떤 일이죠?"
그녀가 내게 천천히 다가왔다. 그리고 내 바로 앞에 섰다. 그녀는 수수하고 온화한 인상이었다.
"아이들이 다쳐 가고 있어요."
"예. 저도 그렇다고 해서 와 봤습니다."
나는 잠시 머뭇거리다 마저 말했다.
"…아이들이 미쳐 간다고 들었습니다."
그녀는 나를 빤히 바라보았다. 그리고 말했다.
"맞아요."
"그게 사실입니까?"
"네."
"다른 사람들도 이 사실을 알고 있습니까?"
"지금 파업 때문에 다들 정신이 없어요."
그녀는 주위를 두리번거린 후 내게 말했다.
"자리를 옮겨서 나중에 말씀해 드릴게요."
"왜죠?"

그녀는 속삭였다.

"누군가 듣고 있을 수도 있어요."

들을수록 무언가 심상치 않은 일이 벌어지고 있는 것은 확실했다.

"대체 누가…?"

"지금 어디 머물고 계시죠?"

"일단은 제 아버지 집에 있습니다."

"주소 알려 주시면 제가 내일 그쪽으로 연락드릴게요."

나는 펜을 꺼내 주소를 적은 쪽지를 건넸다.

"근데 뭐 하시는 분이십니까?"

"저는 양호 선생이에요."

그리고 그녀는 황급히 가 버렸다. 분명 무언가 안 좋은 일이 일어나고 있다. 그 궁금증을 풀고자 학교에 왔는데 정작 해결된 것은 아무것도 없다. 갑자기 학교 안이 어두워졌다. 창문을 바라보니 어느새 노을이 지고 있었다. 탄광 앞에서 후배를 보기로 했으니 이제는 나도 가 봐야 한다. 그때 온몸에 소름이 끼쳤다. 뒤를 돌아보니 아무것도 없었다. 그저 긴 복도 끝에 어둠이 가득했다. 그런데 그 어둠 속에 무언가 있는 것 같기도 했다. 기분 탓일 것이다. 나는 학교를 나와 다시 광산을 지나 탄광 앞으로 향했다. 그곳으로 가니 내가 어디로 가야 하는지 누가 알려 주지 않아도 되었다. 이미 밝은 곳에서는 술판이 벌어지고 있었다. 후배는 광부들에게 연신 술잔을 받으며 웃고 떠들고 있었다. 어느새 밤이 되었다.

내가 잠깐 있는 사이 시간이 이렇게나 빨리 흘렀나…?

후배가 나를 발견하고는 싱글벙글 웃으며 달려 나왔다.

"선배! 어디 있었어요?"

"어디 좀 다녀왔어."

"빨리 와요. 저분들이 선배 기다리고 있어요."

후배는 그러고 다시 술자리로 달려갔다. 흥겨운 술판을 보고 있으니 그 정겨움에 온몸에 가시처럼 돋아났던 소름이 가라앉았다. 아무래도 밥을 먹지 않아서 기운이 떨어진 것 같다. 갑자기 심한 허기가 찾아왔다. 뭐든 입에 쑤셔 넣고 싶었다.

그래. 불러 줬으니 가서 뭐라도 먹자.

안에서는 고기가 지글지글 구워지고 있었고 연기가 가득했다. 다들 거나하게 취해 불그스름한 얼굴로 떠들고 있었다. 나는 조용히 후배 옆에 앉았다. 그러나 나의 출현에 다들 환호성을 질렀다.

우리 사북의 자랑! 창이! 어서 오게.

그래. 어디 있다가 이제 와? 자네만 목 빠지게 기다렸어.

자네 후배가 아주 싹싹하니 좋은 친구야.

그래. 아까는 우리가 실수했어. 정말 미안해.

그러고 연거푸 후배에게 술을 따라 주었다. 후배는 두 손으로 잔을 받으며 고개를 끄덕거렸다. 내가 광부들의 눈치를 보며 젓가락을 들어 조심스레 고기를 한 점 집으려고 할 때 최 씨 아저씨가 잔을 들더니 벌떡 일어났다.

"내가 건배사 한번 하지."

술집 안의 모든 광부가 그를 쳐다보았다. 그가 술잔을 치켜세우고 말했다.

"그동안 고생했던 사북의 모든 이들을 위하여!"

위하여!

다들 술잔을 쭉 들이켰다. 계속해서 '위하여!'가 나왔다. 광부들을 위하여, 광부들을 돕는 아낙들을 위하여, 교대로 몸을 던져 가며 다리를 지키고 있는 이들을 위하여, 진실을 알리러 온 사북의 아들을 위하여, 사북을 위하여. 그 순간만큼은 적어도 술집 안의 모두가 행복했다. 곧 다가올 시련은 상상도 하지 않았다. 지금을 즐기고 있었다. 어느새 다들 취해 몸을 비틀거렸다. 최 씨 아저씨는 광부들을 해산시켰다.

"자. 내일은 우리가 다리를 지켜야 하니까 얼른 집 가서 쉬라고, 다들."

그럼! 지켜야지.

끝까지 지켜 내야지!

다들 비틀거리며 집으로 갈 길을 갔다.

"자네들도 조심히 가."

최 씨 아저씨는 마지막으로 남은 우리에게 말했다. 그는 춤추듯 비틀거리는 후배를 가리켰다.

"특히 저 친구 잘 챙기고. 그리고 아까는 미안했어."

"예. 조심히 들어가십시오."

"그래."

그리고 그도 그의 길로 사라졌다. 소장은 여전히 이 쌀쌀한 밤에 탄광 앞 공터에 묶여 있었다.

목숨 걸고 일하는 사람들, 그들의 쥐꼬리만 한 돈마저 한데 뭉쳐 뒤로 돌린 자의 최후다. 그에게 연민은 느껴지지 않았으나 착잡한 감정은 숨길 수 없었다.

"…가자."

후배는 비틀거리며 나를 따라왔다. 어두운 밤길이라 별수 없이 후배를 부축해야 했다. 선배는 이렇게 고생하는데 후배 놈은 아는지 모르는지 노래를 흥얼거렸다.

"나 태어나 이 강산에 광부가 되어, 나 죽어 이 광산에 묻히면 그만이지."

노래까지 배운 모양이다. 기자는 자신을 절제할 줄 알아야 하는데, 아직 어리니까 내가 이해해야겠지.

"태백산 깊은 골 한 맺힌 막장을 우리는 간다."

가사를 뒤죽박죽 섞어 엉터리로 부르고 있었다. 몇 번의 넘어질 뻔한 고비를 넘기고 집에 도착했다.

"다 왔어."

"네?"

"도착했다고."

후배는 잠시 고개를 갸웃거렸다.

"맞다. 선배 아버님 집이라고 하셨죠?"

후배가 딸꾹질하며 말했다.

"그러면 제가 인사를 올려야죠."

"됐어. 들어가자."

후배는 손사래를 치며 말했다.

"아유. 그래도 선배 아버님이면 저한테도 아버님이나 다름없죠."

점점 짜증이 치밀어 오르고 있었다. 그러던 찰나 부스럭거리는 소리가 들렸다. 아버지가 땔감을 들고 우리를 바라보고 있었다.

"많이 마셨니?"

후배가 아버지에게 딸꾹질하며 인사했다.

"안녕하십니까. 창 선배 후배 김종석이라고 합니다."

아버지는 아무 말이 없었다.

"…방에 불 때 놨다."

"네."

아버지는 그대로 방으로 들어갔다. 후배는 아직도 딸꾹질하며 말했다.

"제가 뭐 잘못한 거 있나요?"

"아니."

"그럼…."

"들어가자."

후배를 방에 눕히자마자 코를 골며 곯아떨어졌다. 잠이 오지 않았다. 밖으로 나와 담배를 한 대 꺼내 물었다. 밤이 되니 낮과는 다르게 구름이 갠 듯했다. 달빛이 밝게 나를 감쌌다. 씁쓸했다. 마치 담배 연기처럼. 이곳에 다시 돌아오지 않을 줄 알았는데 어쩌다 보니 지독하게 얽힌 듯했다.

내가 진실을 알리는 기사를 쓸 수 있을까. 쓴다면 그게 세상으로 나갈 수 있을까. 세상으로 나간다 치면 내가 무사할까. 쥐도 새도 모르게 끌려가 어딘지도 모를 지하실에 갇혀 모진 고문을 당하겠지. 서울의 진실도 알리지 못하는 내가 사북의 진실을 알릴 수 있을까. 승산 없는 싸움이다. 나도 그렇고 광부들도 그렇고. 나는 과거에도 그랬고 지금도 앞으로도 무기력하겠지. 편집장이 내게 바란 건 자극적인 사진 몇 장 찍어 오는 거다. 아마 광부들이 돌을 던지거나 각목이나 쇠 파이프를 들고 서 있는 모습들 말이다. 그런 사진 몇 장에 '폭력 노동자', '폭력 광부' 이런 문구를 장식한다면 윗사람들 입맛에 딱 맞을 것이다. 신문을 읽는 이들은 아마 혀를 끌끌 차겠지. 열심히 일이나 할 것이지. '배가 불렀네.', '빨갱이들이 판을 치는구먼.' 뭐, 이런 말들이 나돌 것이다. 그런데 이곳에서 내가 할 수 있는 일이 한 가지는 있다.

사북여고

무고한 아이들이 다쳐 간다. 이런 기사는 나갈 수 있다. 적어도 아이들이 위험에 처해 있다고 글을 쓰면 누군가는 신경을 쓸 것이다. 아이들은 무고하니까. 아이들은 나라의 미래니까. 아닌가. 여학생들이라서 신경을 안 쓰려나? 여학생들은 잘 커 봐야 버스 안내원이나 공장에서 미싱이나 한다고 사람들이 신경을 안 쓰려나? 정말 거지 같은 세상이다. 그래도 아이들이 다쳐 간다고 쓰면 누구 하나쯤은 관심을 가지겠지. 나는 그쪽으로 걸겠다. 우선 내일 아침이 되자마자 다시 학교에 가야겠다. 적어도 무슨 일인지 들어 보고 기사를 내면서 도움을 줄 수 있는 이들을 내가 소개해 줄 수 있겠지.

여기까지 생각이 들었을 때 내가 벌써 다섯 대째 줄담배를 피우고 있다는 걸 깨달았다. 더 피우기 위해 담뱃갑을 뒤졌지만 이미 동이 나 있었다. 그때 누군가 담배를 내밀었다. 아버지였다.

"이거 피워라."

"…네."

아버지는 성냥을 꺼내 담뱃불을 붙였다.

"저 친구가 네 후배니?"

"네."

"…그렇구나."

새가 우는 소리가 청명하게 들렸다.

"서울에서는… 잘 지내니?"

"네."

"잘됐구나."

나는 먼저 방으로 들어갔다. 후배는 여전히 코를 골며 대자로 뻗어 있었다. 나는 후배 옆에 누웠다. 일부러 생각을 안 하려 노력했었는데 문득 어머니 생각이 났다.

어떻게 생겼을까. 과연 지금 어디 있을까. 아니, 살아는 계시려나.

그러나 그립지는 않다. 그저 마음 한켠이 허할 뿐이다.

뜻밖의 제보

다음 날 아침 새소리에 눈을 떴다. 막 동이 트고 있었다. 후배는 아직도 세상모르고 자고 있었다. 밖으로 나오니 아침 공기가 상쾌했다. 하지만 날은 여전히 흐렸다. 그래도 산에서 내려오는 공기는 맑았다. 일요일이지만 탄광 쪽에서는 여전히 소음이 들려왔다.

"저기요."

고개를 돌려 보니 웬 여학생이 담 위로 간신히 머리를 내밀고 있었다.

"왜 그러니?"

"이거 전해 달래요."

내게 쪽지를 내밀었다.

"이게 뭐니?"

"저도 몰라요. 그냥 전해 달라고 했어요."

"누가?"

"저희 양호 선생님이요."

양호 선생이 다른 곳에서 나를 만나자고 했다.

드디어 무슨 일이 일어나는지 제대로 알 수 있다.

"그럼 가 볼게요."

"잠깐만!"

"왜요?"

"혹시 학교에 무슨 안 좋은 일이라도 있니?"

그 학생은 잠시 나를 응시한 후 쭈뼛거리며 말했다.

"있기는 있어요."

"무슨 일인데?"

"몇몇이 조금 아파요."

"어디가 어떻게 아픈데?"

"처음엔 한 명이었는데 이제는 한 네다섯 정도 실신했어요."

네다섯이나 된다니. 제기랄.

"너는 괜찮니?"

"네."

"다행이구나."

가만히 보니 주말인데 교복을 입고 있었다. 의아했다.

"오늘 일요일 아니니?"

“네.”

“그런데 왜 교복을 입고 있니?”

“입을 옷이 이거밖에 없어요.”

학생은 귀찮다는 듯이 내게 말했다.

“가 볼게요.”

나는 그 학생이 시야에서 사라진 후에 쪽지를 펴 보았다.

‘정오에 사북교회 앞에서 뵐게요.’

쪽지에는 그렇게 달랑 한 줄이 적혀 있었다. 그때 후배가 뒤에서 문을 열고 나왔다.

“선배, 안녕히 주무셨어요?”

“그래.”

후배는 얼굴을 찌푸리며 말했다.

“머리가 깨질 것 같네요.”

“너 술 좀 줄여라.”

“네.”

“그냥 하는 말이 아니라 기자는 항상 침착해야 해. 평정심을 유지해야 하고. 그렇게 고삐 풀린 망아지처럼 술이나 퍼마시자고 온 거 아니잖아.”

“…죄송합니다.”

아직 경험도 없고 어린 친구다. 그러나 보모가 필요할 나이도 아니다. 성인이다. 스스로 제어할 줄 알아야 한다.

“선배, 정말 죄송합니다.”

“그만하면 됐어.”

“선배.”

“왜 자꾸 불러.”

“혹시 물 어디 있는지 아시나요?”

어리광에 가까운 칭얼거림에 한숨이 나오면서도 다른 한편으로는 웃음이 나왔다.

“저기 마루에 가서 찾아봐. 아마 거기 있을 거야.”

“네.”

후배는 집안으로 아직도 비틀거리며 걸어갔다. 그리고 이리저리 뒤적이더니 마침내 물통을 찾아냈다.

“종석아.”

“네, 선배님.”

“너 정신 차리면 취재하러 가.”

“선배는 어디로 가시는데요?”

“나는 따로 둘러볼 게 있어서.”

후배는 물을 꿀꺽꿀꺽 마시며 말했다.

“알겠습니다.”

후배를 뒤에 남겨 두고 집을 나섰다. 교회를 찾는 것은 어렵지 않았다. 우뚝 솟은 빨간 십자가가 멀리서부터 보였기 때문이다.

아마 저곳이겠지. 제대로 도착했군.

약속된 시간보다 30분 정도 일찍 도착했다. 교회 안에는 아녀자들이 가득했다. 다들 열심히 기도하고 있었다.

그들의 생존을 위해, 사북의 미래를 위해 기도하는 것이겠지.

그 모습을 보니 딱하게 느껴졌다. 인간이 이렇게 나약한 존재다. 그러나 내가 이런 생각을 하는 것마저 오만하고 건방진 생각일 수도 있다. 저들은 저들의 간절한 바람을 다해 기도하고 있으니까. 누가 뒤에서 내 어깨를 건드렸다. 돌아보니 최 씨 아저씨였다.

"자네 여기서 뭐 해?"

"그냥 둘러보고 있었습니다. 아저씨는요?"

"기도드리러 왔어."

"신자이신 줄 몰랐습니다."

"우리는 도움이 필요해."

그는 두 손을 모으며 절실하게 말했다.

"그렇군요."

"그럼 나는 가 볼게."

"안녕히 가십시오."

광부들의 간절한 희망을 내가 감히 조롱한 것인가?

"저기요."

또다시 누군가 내게 말을 걸었다.

"네?"

"맞으시죠? 일찍 오셨네요."

돌아보니 어제 마주친 모습 그대로 양호 선생이 서 있었다. 양호 선생은 내게 말을 건네고 있었지만 한편으로는 계속해서 주위를 살피고 있었다.

"그래서 말씀해 주신다는 게 뭐죠?"

"일단 자리를 옮길까요?"

그녀는 먼저 앞서 나갔다.

그녀를 불안하게 하고, 두렵게 하는 것이 도대체 무엇일까.

"어디로 가시는 건가요?"

"걸으면서 말씀드릴게요."

그녀는 종종걸음으로 걸었다. 남자인 내가 그녀를 따라 걷는데도 숨이 헐떡여질 정도였다.

"도대체 무슨 일입니까?"

"조금만 더 걸어요."

분명 심상치 않은 일인 것 같다. 광부들 사이를 비집고 나와 한적한 길로 들어섰다.

"알겠으니까 이제 말씀해 주시죠."

그녀는 주변을 주시하며 말했다.

"혹시 사북 출신이신가요?"

"네. 그렇습니다."

"그럼 이곳에 대해서 잘 아시겠군요."

"떠난 지는 오래입니다만 어느 정도는 알고 있습니다."

"혹시 귀신을 믿나요?"

내가 잘못 들었나 했다.

귀신?

"귀신이요?"
"네."
나는 내가 제대로 들은 게 맞나 다시 한번 물었다.
"그러니까… 죽은 사람을 말씀하시는 건가요?"
"네."
어안이 벙벙했다.
"믿나요?"
"아니요. 믿지 않습니다."
"그럴 줄 알았어요."
"갑자기 그건 왜 물어보시는 거죠?"
"왜냐하면 귀신이 죄 없는 아이들을 괴롭히고 있으니까요."
나는 아무 말도 나오지 않았다.

이 여자 정신이 나간 건가?

"아마 저를 미쳤다고 생각하실 수도 있어요."
"…아닙니다."

나는 머뭇거리며 대답했다. 그러나 그녀는 내 생각을 알고 있다는 듯 말을 이었다.

"저도 처음엔 믿지 않았으니까요."

"뭐 하나만 여쭤볼게요."

그녀는 나를 똑바로 바라보았다.

"양호 선생이신 건 맞죠?"

"못 믿겠다면 나중에 학교로 와서 확인해 보세요."

"선생이시면 고등교육을 받으신 분 아닙니까."

"네."

"그런데 귀신이라는 허무맹랑한 이야기를 믿는다고요?"

그녀는 답답하다는 듯 말했다.

"저도 처음엔 믿지 않았어요."

그녀는 숨을 고른 뒤 다시 말했다.

"그것을 직접 보기 전까지는요."

"그것이 뭔데요?"

"귀신이요."

내 시간만 낭비한 것 같다. 학교에 이런 정신 나간 여자가 양호 선생으로 있다니.

이게 이 나라의 현실인가?

"그게 엿들을까 봐 자리를 옮긴 거예요. 아마 지금도 듣고 있을 수 있어요.”

“…잘 알겠습니다. 그럼 나중에 뵙겠습니다.”

내가 자리를 뜨려 하자 그녀가 내 팔을 붙잡았다.

“혹시 학교에 오신 날 이상한 거 못 느끼셨나요?”

“전혀요.”

“정말 단 한 가지도요?”

“네.”

“제대로 다시 생각해 보세요.”

“글쎄요. 잘 모르겠네요.”

말은 그렇게 했지만, 곰곰이 다시 생각해 보니 그날 무언가 오싹한 기분이 들기는 했었다. 그러나 아무도 없는 어두컴컴한 학교, 그런 곳에서 그런 기분이 드는 것은 어찌 보면 당연한 일이다. 그녀는 내게 애원하듯 말했다.

“아이들이 다쳐 가요.”

“그렇게 도움이 필요하면 여기 사람들에게 말씀하시면 될 것 아닙니까.”

“지금 다들 정신이 없어요. 이 일에는 관심도 없고.”

“대체 제가 뭘 어떻게 해 드리기를 바라시는 겁니까?”

그녀는 잠시 머뭇거렸다.

“혹시 기사로 내 주실 수 있나요?”

“아무도 관심 없는 시골 학교에 귀신이 있다는 이야기를 기사로 내 달라고요?”

“귀신이 가장 두려워하는 게 많은 사람이 관심을 가지거나 자기 정체를 사람들이 알게 되는 거예요.”

"어째서 그렇죠?"

"존재가 탄로 난다면 더는 숨어서 약자를 괴롭힐 수 없어요."

"그래서 그걸 기사로 써 달라고요?"

"네. 꼭 좀 부탁합니다."

"아마 힘들 겁니다."

"제발 부탁이에요."

분명 미친 여자라고 생각이 들었고 그게 옳다고 여겨진다. 그러나 이 여자는 그녀의 온 마음을 다해 호소하고 있다.

"이대로 두면 더 많은 무고한 아이들이 정신을 잃고 다치고 말 거예요."

"예. 알아보고 다시 연락드리겠습니다."

나는 대충 얼버무리며 자리를 떴다.

"꼭 부탁드릴게요."

믿을 수 없다.

아이들이 미쳐 가는데 저런 사람이 양호 선생이라니.

그러나 찝찝한 감정은 사라지지 않는다.

영광의 기록

분명 기록이 남아 있을 것이다. 어쩌면 거기서 단서를 찾을 수도 있다. 나는 길을 물어 도서관으로 향했다. 들은 대로 찾아가니 작고 허름한 2층짜리 건물이 나왔다. 도서관 안은 텅 비어 있었다. 아무도 없었다. 조용히 안으로 들어갈 때 누군가 말을 걸었다.

"누구십니까?"

돌아보니 책을 잔뜩 들고 있는 여자가 나를 쳐다보고 있었다. 그녀는 들고 있는 책이 무거웠는지 힘에 부쳐 헐떡이며 말했다.

"어떻게 오셨죠?"

"혹시 사서 되십니까?"

"네."

"저는 서울에서 온 기자입니다."

나는 기자증을 사서에게 보였다.

"무슨 일로 오셨죠?"

"기록물을 열람하고 싶어서요."

사서는 들고 있던 책들을 책상에 둔탁하게 내려놓으며 숨을 골랐다.

"마음대로 보시고 제자리에만 놓고 가세요."

"알겠습니다. 혹시 이 지역 기록물은 어디에 있는지 아시나요?"

"정확히는 모르겠는데 기록물은 2층으로 올라가셔서 왼편에 있는 책장으로 가시면 있을 거예요. 아닐 수도 있는데 한번 잘 찾아봐요."

"감사합니다."

나는 2층으로 올라갔다. 의외로 작은 시골 도서관치고 책들이 상당히 많았다. 나는 사서의 말대로 왼편 책장에서 기록물을 찾았지만 허탕이었다. 기록물은 그곳에 없었다. 나는 2층을 싹 다 뒤졌다. 정작 기록물들이 보관되어 있는 책장은 가장 오른편 구석에 있었다. 사람의 왕래가 오랫동안 없었는지 책장 속 책들은 먼지가 가득 쌓여 있었다. 나는 그곳에 있는 모든 기록물을 되도록 꼼꼼히 찬찬히 훑어 보고자 노력했다. 하지만 그 어디에도 아이들에 관한 기록은 찾아볼 수 없었다. 죄다 채굴 현황과 광부들에 관한 기록뿐이었다.

1962년 사북 출장소 설치, 1973년 동면 사북 출장소 관할구역 사북읍으로 승격

이게 내가 알아낸 사북 역사의 전부였다. 사북이 어떻게 석탄산업의 중심지가 되었는지에 대한 역사를 알 수 있을 뿐이었다. 얼마나 많은 탄을 캐냈는지, 얼마나 많은 광부가 일했는지에 대한 그 찬란한 역사에 대해서는 상세한 기록이 있었지만 정작 광부들의 피해나 광산의 폐해에 대한 기록은 찾기 어려웠다. 오히려 서울에서 더 정확한 기록을 찾을 수 있었다.

입맛에 맞는 기록들만 쏙쏙 골라 잔뜩 채워 놨군.

헛웃음이 나왔다. 광부들의 피해에 관한 기록도 없는데 아이들에 대한 기록이 있을 리가 없다.

당연히 네놈 짓이겠지.

아니나 다를까 책장 밖으로 나와 벽을 바라보니 역시 그의 얼굴이 걸려 있었다. 그것도 가장 높은 곳에. 이 나라 정권을 찬탈한 그의 추악한 얼굴, 바로 그 얼굴 말이다.

역겨운 자식

어디를 가든 그는 모두를 내려다보고 있었다. 그 사진 속 군인의 눈빛은 항상 모두를 내려다보고 있었고 항상 모두를 감시하고 있었다. 씁쓸했다. 여기서 내가 건질 수 있는 건 더 이상 없다. 나는 내가 꺼낸 기록물들을 정리했다. 그러나 나가려고 할 때 뒤에서 둔탁한 소리가 들렸다. 소리가 난 곳으로 가 보니 책 한 권이 바닥에 떨어져 있는 것을 발견했다. 책을 들고 살펴보니 먼지투성이였다. 먼지를 다 털어 내고 보아도 제목은 찾을 수 없었다. 자세히 들여다보고 나서야 표지 밑바닥에 제목이 아주 작게 적혀 있는 것을 발견할 수 있었다.

싯다르타의 고난

펼쳐 보니 왼 페이지에 빨간 그림이 그려져 있었다. 그림 한가운데에 홀로 빛을 뿜어내는 부처가 앉아 있고 그 주변에 시뻘건 늑대가 부처의 주변을 서성거렸다. 늑대의 검은 손아귀가 부처를 향하고 있었다. 그저 눈으로 보고만 있는데도 소름 돋을 정도로 무서운 그림이다. 마치 그 늑대가 그림에서 언제라도 튀어나올 것만 같은 생생한 그림이었다. 오른 페이지에는 설명이 적혀 있었다.

마라 파피야스

마라, 마왕이라고 불리는 악귀이자 마신이다.

마라 파피야스, 처음 들어 보는 이름이고 처음으로 알게 된 존재이다. 불교에도 악마가 있는지 모르고 있었다. 마라 파피야스에 대한 설명의 하단에는 작은 글자로 그와 싯다르타 간의 일화가 이어지고 있었다.

마왕의 유혹

'불교의 악귀이자 악신인 마왕이 보리수 아래에서 수행하는 싯다르타를 수단과 방법을 가리지 않고 유혹하고 있다.'

그리고 둘의 대화가 있었다.

마왕이 싯다르타를 회유했다.

"왕자여, 어서 궁중으로 돌아가는 것이 좋을 것이오. 가서 때를 기다리시오, 그러면 이 세상 모두가 그대의 것이 될 것이오."

이에 싯다르타는 소리 높여 꾸짖었다.

"마왕이여, 어서 물러가거라. 지상의 모든 것은 내가 구하는 바가 아니니라."

모든 것이 통하지 않자 마왕은 싯다르타에게 최후의 제안을 건넨다.

"지상에서 얻을 수 있는 것으로 만족하지 못하겠으면 나의 자리와 권능마저 줄 테니 깨달음을 포기하는 게 좋을 것이오."

싯다르타는 단호히 거절했다.

"내가 살아오면서 모든 쾌락은 다 누려 보았다. 모든 것이 부질없는 짓이었다. 너의 그 권능으로 번뇌에서 벗어나는 것은 불가능하다. 그것은 내게 필요하지 않다."

이에 마왕은 포기하고 사라져 다시 나타나지 않았다.

그게 그 장의 끝이었다.

석가모니도 예수 그리스도와 놀랍도록 닮은 점이 많았군.

굳이 노력을 들여 공부하지 않아도 예수 그리스도의 고난은 이 세상 누구나 알고 있다. 나 역시 그랬다. 그러나 나는 석가모니의 일생과 고난에는 무지했다. 당연하다. 나는 종교에 철저하게 무관심했다. 또한 그 실체가 없는 존재는 믿지 않았다. 나는 다시 한번 그림을 바라보았다.

그 알록달록하고 기괴한 그림을 계속 보고 있자니 점점 그 속으로 빨려 들어가는 느낌이었다.

이건 덫이다.

이 그림을 그린 자의 목적을 알 것 같았다. 그것이 선한 의도는 아니라고 느껴졌다.

그림이 나를 점차 휩싸며 속삭이려 했다.

"이제 가셔야 해요."

나는 소스라치게 놀라 책을 떨어뜨리고 말았다. 내가 그림에 집중한 사이에 사서가 어느새 내 뒤에 와 있었다.

"알겠습니다."

나는 책을 도로 책장에 넣고 쫓기듯 종종걸음으로 도서관을 빠져나왔다.

“이거 가져가야죠.”

“네?”

사서가 기자증을 내밀었다.

“제가 정신이 없었군요.”

“조심해서 가요.”

“감사합니다.”

머릿속에 도서관에서 허둥지둥 나오던 내 모습이 떠올랐다. 이내 기억 속의 내 모습이 우스꽝스러워졌다.

이게 무슨 망신인가. 어이가 없군. 악귀는 없다.

그런 건 이 세상에 존재하지 않는다.

달갑잖은 재회

도서관에서는 소득이 없었다. 그러나 아직도 그 그림이 눈앞에 아른거렸다. 생각에 잠겨 걸음을 내딛다 보니 사무소 앞이었다. 소장은 여전히 묶여 있었다. 탄광 앞은 다시 시끌시끌해졌다. 다리에서 사람들이 고함을 치고 있었다.

도대체 무슨 일일까.

"네놈들은 한 발짝도 못 들어와!"
"저희 정말 기자입니다. 믿어 주세요."
외지인이 사북으로 들어오려고 하는 것 같았다.
"경찰들 프락치인지 어떻게 알아!"
그때 들어오기 위해 실랑이를 하던 사람 중 누군가 내 이름을 불렀다.

"창아!"
그 자리의 모두가 내게로 고개를 돌렸다. 권수였다.

나를 지금의 신문사 자리에 추천해 준 동창. 그러나 항상 의욕 없는 나를 깔보며 자신을 으스대던 녀석이었다.

"이분들한테 설명 좀 해 줘."
"이 친구 정말 기자 맞아?"
아직도 의심의 눈초리를 거두지 못한 채 광부들이 내게 물었다.
"예. 맞습니다. 제 동창이에요."
광부들은 수군거리더니 마지못해 들여보내 주었다. 협박 같은 권유와 함께.
"여기 일 제대로 알려. 한 치의 거짓말도 없이. 알겠어?"
"감사합니다."
다리 위에 가로막혀 있던 기자들이 사북으로 들어오는 데 성공했다.
"창아!"
권수가 내게 다가왔다.
"오랜만이다. 네가 여기 있을 줄은 전혀 몰랐어."
"상사가 가라고 해서 왔지."
"뭐, 옛날이랑 똑같구먼. 그나저나 잘 지냈냐? 영 소식이 없어서."

굳이 이 녀석한테 내 소식을 알리고 싶지는 않았다.

“그럭저럭. 먹고살기 바쁘다.”

권수는 목에 맨 카메라 렌즈를 닦으며 말했다.

“뭐 좀 건진 거 있어?”

“뻔하지. 위에서 노동자들 돈 빼먹은 거지.”

“상황은 좀 어때?”

“일단은 광부들이 경찰들 쫓아낸 상태야. 언제까지 버틸지는 모르겠지만.”

권수는 고개를 끄덕이며 말했다.

“그렇구나.”

“서울에서는 보도가 나왔니?”

“아직 나온 건 없어.”

나는 주변에 아무도 없는 것을 확인하고 권수에게 물었다.

“보도 지침은 어떻게 돼?”

동창은 한숨을 내쉬었다.

“빨갱이들 시위로 쓰라고 하지. 그런데 좆이나 까라 해.”

“무슨 소리야?”

“부산에서 시위가 있었잖아.”

“그랬지.”

“그때 제대로 안 썼다가 크게 데였지. 그래서 나라도 한번 들이받아 보려고.”

그랬다. 시위가 벌어졌을 때 학생들이 앞장서서 자유를 외쳤다.

학우들이여!

민족의 앞날과 사회정의에 대한 우리들의 되풀이된 청원과 요구는 되풀이된 억압으로 답해졌다.

자! 걸어 나가! 정의로운 분노로 일어서자!

얼굴을 가렸던 책을 치우고 틀어막혔던 입과 귀를 열자.

형제의 피를 요구하는 자유 민주의 깃발을 우리가 잡고
반민주의 무리, 자유의 착취 무리, 불의의 무리를 향해 외치며 나아가자!

학우여! 동지여!

독재자의 논리를 박차고 일어서서 모여 대열을 짓고 나서자!

꺼지지 않는 자유의 횃불을 들고 자유민주주의의 노래를 외치면서.

학생들의 간절한 외침에 시민들은 외면하지 않고 함께 일어났다. 그러나 평화적으로 시위를 하던 사람들에게 돌아온 건 군인들의 매질이었다. 군사 정권에게 그들은 폭도들로 규정되었다. 정부는 계엄령을 내렸고 공수부대와 탱크부대가 투입되었다. 언론은 정권의 압박에 무력하게 부산에서 폭동이 일어났다고 쓸 수밖에 없었다. 나라고 다를 바 없었다.

살아남기 바빴으니까.

"데였다는 게 무슨 소리야?"
"사람들이 욕했지, 우리를."

신문사에서 이걸 허락할 리 없다. 기사 한 토막 잘못 나면 바로 신문사가 물갈이될 수도 있다. 그 뜻은 그 언론에 종사했던 모든 이들의 최후를 의미한다.

"그걸 허락하겠어?"
"안 된다고 하겠지. 그런데 기사는 내 마음대로 쓸 거야. 인쇄소에서 찍어 내기 바로 직전에 기사를 보내면 못 바꾸거든."
권수는 씩 웃으며 말했다.
"알 권리."
"…그래."
"이대로 가면 안 돼, 창아. 우리 기자잖아. 기자 노릇 한번 제대로 해 보자."

여전히 권수는 뜨거웠다. 기껏해야 신문사 허수아비 노릇이나 겨우 해내며 연명해 온 나와는 결이 달랐다. 권수는 자기 자리가 없어질 수 있는데도, 자기 목이 달아날 수 있음에도 개의치 않았다. 권수는 늘 그랬다. 은근히 반항아적 기질이 있었다. 어쩌면 그런 자기 모습에 도취한 듯 보이기도 했다. 어쨌거나 권수는 불의를 보면 참지 않고 들이받았었다. 어떻게 보면 내 후배와 비슷한 면이 있다. 내가 아니라 권수가 종석의 선배였다면 더 좋은 선배가 되었을 것이다. 정상적인 시대였다면.

"그래. 필요한 거 있으면 말해. 여기 사람들이 내 말은 믿으니까."

호언장담했지만 과연 이 사람들이 나를 진정으로 믿고 있을까? 단순히 같은 지형, 지역에서 보고 자랐다는 이유만으로?

"창아, 네 고향이 여기지?"
"응."
"네가 있어서 든든하다."
"…그래."
권수는 내 어깨에 손을 올리며 씩 웃었다.
"그럼 가 볼게. 또 보자."

사북이 고향인 나보다 권수가 더 사북을 위한 기사를 쓸 것이다. 권수를 만나고 나니 더 마음이 무겁게 가라앉는 것 같다. 내가 뭘 할 수 있는 것인가. 어차피 후배나 권수가 알아서 잘 찍고 잘 듣고 잘 쓰겠지. 그게 지면에 나갈지 안 나갈지는 모르지만. 그래도 이대로 있을 수 없다. 그토록 싫어하는 곳을 와 버렸으니 뭐라도 하고 갈 것이다. 사북여고를 다시 한번 가 볼 것이다. 아이들이 미쳐 간다고 들었다. 양호 선생은 제정신이 아닌 사람 같았다. 귀신이라니. 그런데 그 눈동자가 잊히지 않는다. 아이들을 만나 봐야겠다. 여러 사람의 이야기를 듣고 판단할 것이다. 귀신은 말도 안 되지만 아이들이 다치고 있다는 사실. 이곳에서 처음 만난 지웅이라는 학생, 그 학생이 내게 말한 것은 사실일 것이다. 사북여고에서 무슨 일이 일어나는 것인지 반드시 알아내겠다.

감잣값 한번 거하게 물어 주게 생겼다.

의문

잠시 혼자 있고 싶었다. 나는 아무 소리도 나지 않는 곳을 찾아 헤맸다. 간신히 어느 골목길에 들어가고 나서야 소음과 멀어질 수 있었다. 답답했다. 사북의 모든 것이 내 가슴을 무겁게 짓눌렀다. 이곳에 있는 것 중 어느 것 하나 희망이 있어 보이는 것이 없었다. 나는 길게 숨을 내쉬며 담배를 꺼내 물었다. 광부들에 대한 제대로 된 기사는 기대조차 하지 않는다.

하지만 무고한 아이들에 관한 이야기라면 한 토막으로라도 지면으로 나갈 가능성이 있지 않을까?

이 정도 기사도 정권의 눈치를 보며 써야 하는 현실이다. 문득 그날이 생각이 났다.

그날이 되기 전까지는 적어도 희망이 있었다. 10월의 그날 권력의 정점에 있던 그 남자가 갑자기 죽어 버린 이후로 다들 내심 속으로 기대했었다. 어쩌면 민주주의가 우리에게 찾아올 수도 있지 않을까. 그의 뒤를 이은 이는 약속했다. 민주적인 헌법으로 개정하겠다고. 그리고 실제로 그간 모든 이들을 억눌렀던 정치적인 억압들을 하나둘씩 완화해 나갔다. 모두 희망을 보았다.

이제 움츠렸던 몸을 꼿꼿이 피고 다닐 수 있겠구나.

그러나 그것도 잠시였다. 희망이 절망으로 바뀌는 것은 한순간이었다. 그날 아침이라고 특별히 다를 건 없었다. 하지만 아무것도 모른 채 단잠을 자고 일어난 시민들은 충격에 빠졌다. 서울은 하룻밤 사이 많은 것이 달라져 있었다. 도시에 긴장이 가득했다. 중앙청 앞에는 군용 트럭들과 무장한 군인들이 잔뜩 서 있었다. 시민들은 영문도 모른 채 그들의 눈치를 보며 각자의 생업 현장으로 향했다. 그리고 이 나라의 모든 국민에게 전해진 소식은 다음과 같았다.

戒嚴司令官 연행 (계엄사령관 연행)

대통령 시해 관련 혐의 의혹

일부 將星도 拘束수사 (일부 장성도 구속수사)

어제저녁 陸參總長公館서 搜査官·警備兵충돌 (어제저녁 육참총장공관서 수사관·경비병충돌)

오늘 새벽 國防部서 增員戒嚴軍·哨兵誤認銃擊 (오늘 새벽 국방부서 증원계엄군·초병오인총격)

그저 믿어야 했다. 저들이 말하는 것이 진실이기를 바라며. 무력하고 비참한 밤이 지나고 모든 것은 일사천리로 진행되었다. 그들의 폭주를 그 누구도 막을 수 없었다. 모든 것이 순차적으로 저들의 손아귀에 넘어갔다. 적어도 국민의 눈치를 아니면 이 세상 누군가의 눈치를 보는 격식이라도 갖출 줄 알았다. 그러나 그런 일은 없었다. 이미 인간성을 상실한 저들에게 양심이란 존재하지 않았다. 명백한 내란이었다. 그 목적이 분명했다. 국가 전복 시도는 성공적으로 진행되었고 이 나라의 권력은 쿠데타를 일으킨 일부 군인들, 그들이 독식하게 되었다. 그들은 신명 나게 웃고 노래하며 축배를 들었고 오랜 역사를 지닌 군사정권은 그 전통을 유지할 수 있게 되었다. 그동안 이어져 온 군인들의 폭력적이고 비인간적인 진압 또한 그 명맥을 이을 수 있었다. 결국 달라진 것은 아무것도 없었다. 누군가는 막연히 기대했다.

더 힘이 센 정의로운 자가 도와주지 않을까.

그러나 그간 도덕과 민주주의를 수호하며 그 가치를 지향한다던 바다 건너 세계 제일의 패권국은 이를 묵인했다. 그날 밤 그들은 나서지 않았다. 그들에게 중요한 것은 이 나라의 민주주의가 아니었다. 그들에게 중요한 것은 아시아에서의 공산화를 막는 것이었다.

RED ALERT

그들은 이 나라 국민들의 바람을 저버리고 군사정권을 굳건한 동맹으로 인정했다. 군인들을 막을 수 있는 건 아무것도 없었다.

이미 언론통제가 이루어지는 것이 일상이 되어 버린 지금, 내가 진실을 전할 수 있을까. 적어도 아이들에 대한 일만큼은 제대로 전할 수 있을까.

더 이상 생각하지 않기로 했다. 이렇게 꼬리에 꼬리를 문다면 한도 끝도 없을 것이다. 그저 믿어야 한다. 이 기사만큼은 나갈 수 있으리라고.

나는 담배꽁초를 땅에 문질렀다. 그때 옅은 울음소리가 들렸다. 소리를 따라가니 비쩍 마른 고양이가 눈을 뜬 채로 죽어 있었다. 죽은 지 시간이 꽤 지난 건지 파리들이 주변에 날아다녔다. 새끼가 죽은 어미에게 매달려서 울어 대고 있었다. 내 발소리에 새끼가 나를 쳐다보았다.

미안하다. 내가 도와줄 수 있는 것은 없단다. 사람도 돕지 못하는데, 내가 너를 어떻게 도울 수 있겠니.

나는 우유를 사서 그릇에 따라 주었다. 녀석은 배가 많이 고팠는지 허겁지겁 먹었다. 그러나 눈으로는 나를 경계하고 있었다. 어미가 없으면 녀석은 오래 살아남기 힘들 것이다. 나는 새끼가 우유를 먹는 사이 어미를 볕이 잘 드는 곳에 묻어 주었다.

이게 내가 할 수 있는 최선이다.

아이들

점차 날씨가 스산해졌다. 하늘에는 낮은 회색 구름이 가득했다. 멀리서 바라본 사북여고는 뿌연 짙은 안개 속에 가려져 있었다. 양호 선생은 믿지 못하겠다. 다른 이들의 말도 들어 볼 것이다. 우선 다른 선생들의 말부터 들어 보겠다. 무작정 교내로 들어가는 게 예의가 아닌 건 알지만, 진상을 알아내기 위해선 별수 없다. 그리고 이럴 때만큼 기자라는 직업이 도움이 될 만한 게 없다. 일요일이지만 학교에 분명 누군가 한 사람은 있을 것이다.

당직 선생 한 명쯤은 있겠지.

학교로 들어서니 뿌연 안개 탓에 낡은 학교 건물이 더욱 괴이하게 보였다. 의외로 교문은 열려 있었다. 나는 안으로 들어갔다. 교무실은 1층에 있었다. 노크했지만 반응이 없었다. 조심스럽게 열고 들어가니 여선생 둘이 자리에 앉아 일하다 나를 바라보았다. 낯선 이의 등장이 반갑지는 않은가 보다. 둘 다 놀람과 불안함이 공존하는 얼굴이었다.

"어떻게 오셨죠?"

"여쭤볼 게 있어서 왔습니다."

"…무엇을?"

나는 황급히 기자증을 꺼내 그들에게 보여 주었다.

"서울에서 온 기자입니다."

그들은 기자증을 응시했다.

"시위를 취재하러 오셨다면 잘못 오셨어요. 탄광으로 가셔야…."

"아닙니다. 제대로 왔습니다."

"네?"

"학교에 무슨 일이 있다고 해서 왔습니다."

두 선생은 서로 얼굴을 마주 보았다.

"어디서 들으셨죠?"

"어쩌다 보니 지나가다 듣게 되었습니다."

잠시 침묵이 지나가고 그들은 말했다.

"그럼 일단 여기 앉아 계세요."

나를 소파가 있는 테이블로 안내했다. 그리고 내게 차를 건넸다.

"감사합니다."

첫맛은 뜨거움에 제대로 음미도 못 했다. 그러나 뒷맛이 은은하게 씁쓸했다. 나는 달콤한 맛보다는 쓴맛을 좋아한다. 달콤한 맛은 가식적이다.

좋은 차군.

두 교사 모두 내 맞은편에 앉았다.
"정확히 무슨 말을 들으셨죠?"
"제가 들은 건 아이들이 다쳐 간다는 이야기였습니다. 사실인가요?"
그들은 한숨을 내쉬었다.
"…사실이에요."
나는 수첩과 펜을 꺼내며 물었다.
"정확히 어떻게 다쳤는지 말씀해 주실 수 있습니까?"
"아이들이 정신을 잃었어요."
"그렇군요."
"멀쩡했던 아이들이었는데…."
나는 수첩에 그들이 말한 것을 휘갈겨 썼다.
"몇 명이나 그렇게 되었고 어떤 증상이 있었는지 말씀해 주십시오."
"지금은 다섯 명이에요."
"다섯이군요. 증상은요?"
"처음에는 헛소리를 했어요. 대수롭지 않게 넘겼죠. 그리고 발작이 일어났어요."
"다른 아이들도 이 사실을 아나요?"
"아마 모르지는 않을 거예요."

들으면 들을수록 도무지 헤아릴 수 없었다. 정신병이 옮기라도 하는 것인가? 그런 병은 들어 본 적이 없다.

"혹시 원래 간질이나 아니면, 그런 비슷한 병을 앓고 있던 건 아닌가요?"

그들은 고개를 저었다.

"그렇지도 않아요."

"지금 아이들이 있는 병원은 어디인가요?"

"여기는 병원이 사북병원 한 곳밖에 없어요."

나의 다음 행선지는 그곳이 될 것 같다.

"점점 늘어난다고 들었는데 왜 휴교하지 않나요?"

그러자 그들은 시끌벅적한 광산 쪽을 가리켰다.

"이런 상황에서 학생들이 공부할 수 있는 기회라도 있다는 게 다행이니까요."

학교를 나왔다. 내부인과 대화를 나누었지만 오히려 궁금증과 의혹만 더 커졌다. 들으면 들을수록 수상했다. 분명 정신질환 같은데 마치 전염병과 같아 보인다. 점점 미궁 속으로 빠지는 기분이다. 교문에 붙어 있는 낡은 사북여고라는 간판이 더더욱 괴상하게 느껴졌다. 학교 건물은 을씨년스러웠다. 그때 온몸에 소름이 끼쳤다. 창문에서 누군가가 나를 쳐다보는 것 같은 기분이 들었다. 존재를 확인해야 한다는 생각이 들었지만, 선뜻 들어가기 꺼려졌다. 그러나 나는 학교 안으로 뛰어 들어갔다. 확인해야만 했다. 안에는 아무도 없었다. 착각이다. 여기는 아무것도 없다. 그렇게 되뇌며 밖으로 나왔다. 밖에서는 다리 앞에서 농성이 한창이었다. 다리 건너편에는 경찰로 보이는 이들 몇이 서서 광부들과 이야기를 나누고 있었다. 아낙들이 주먹밥을 광주리에 잔뜩 들고 와서 광부들에게 나눠 주었다. 그곳에서 후배와 권수, 그리고 다른 기자들을 발견했다. 그들은 그 광경을 사진에 담고 있었다.

"종석아."

후배는 렌즈를 갈아 끼우다가 나를 발견했다.

"선배! 어디 있었어요?"

"다른 데 좀 둘러보고 왔어."

아낙이 후배한테도 주먹밥을 건넸다. 내게도 따뜻한 주먹밥을 건넸지만 나는 사양했다.

"뭐 좀 건진 거 있어요?"

"…아니. 오히려 더 늘어난 것 같네."

그때 권수가 내게 다가왔다.

"창아, 여기 있었구나."

권수가 후배를 가리키며 물었다.

"누구…?"

"내 후배야. 인사해."

후배는 주먹밥을 허겁지겁 먹다 그만 목에 걸렸는지 캑캑거리며 권수에게 목례했다.

"반갑다. 나 창이 친구 정권수라고 한다. 민권일보 기자야."

후배는 간신히 넘기고는 말했다.

"반갑습니다."

"많이 배워. 권수가 경험이 많거든."

권수는 손사래를 쳤다.

"너만 괜찮다면 애 데리고 다녀도 좋아."

"너는 뭐 하는데?"

"나는 다른 데 둘러볼 게 있어."

권수는 내게 물었다.

"여기 말고 어딜 둘러본다는 거야?"

"나중에 말해 줄게. 그럼 후배 좀 부탁할게. 많이 가르쳐 줘."

"네가 가르쳐야지. 어디 가?"

"이따 봐."

일단 내 짐은 떠넘겼다.

나는 어리둥절해하는 그들을 뒤로하고 곧장 병원으로 향했다. 하얗게 회칠한 벽과 초록색 십자 표시가 그곳이 병원임을 알려 주고 있었다. 많은 이들이 다쳐 환자로 입원해 있겠지만 내가 찾는 사람들은 마음을 다친 사람들이다. 학생들이 어디에 있는지 물어보려 접수처 앞으로 향했지만 아무도 없었다. 잠시 기다리기로 했다. 그 순간 귀가 찢어질 듯한 비명이 들려왔다. 고통에 몸부림치는 소리가 텅 빈 복도를 울렸다. 나는 소리의 근원지를 찾아갔다. 소리가 흘러나오는 병실의 문을 연 순간 그 자리에서 굳어 버렸다. 가녀린 소녀가 병상에 묶인 채 비명을 지르며 피를 토하고 있었다. 자세히 들어 보니 비명이라기보다는 무언가 말을 내뱉으려 애쓰는 것 같기도 했다. 옆에서는 간호사들이 소녀를 꽉 붙잡고 주사를 놓는 데 애를 먹고 있었다. 소녀를 묶은 왼손이 점차 풀리고 있었다. 나는 재빨리 다가가 소녀의 왼손을 붙잡았다. 그런데 힘이 장사였다. 성인 남성인 내가 두 손으로 붙들고 있는데도 아이의 왼손 하나 제어하기 힘들었다. 그러나 이내 힘을 다 쓴 건지 알아들을 수 없는 말을 내뱉으며 축 늘어졌다. 간호사들은 그 틈을 타서 주사를 놓았다. 다들 숨을 가쁘게 내쉬었다. 정신을 차리고 보니 다른 병상에도 아이들이 묶인 채 누워 있었다. 아마 다쳤다는 아이들이 이 아이들인 것 같다. 다들 눈을 감은 채 자고 있었다. 아니, 자고 있는 것 같았다. 아이들을 살펴보고 있을 때 병실의 간호사 중 노란 완장을 차고 있는 간호사가 내게 고마움을 표했다.

"감사합니다."

"아닙니다. 해야 할 일을 했을 뿐입니다."

"죄송한데 나가 주시겠어요?"

"…네?"

"도와주신 건 고마운데 여기는 함부로 들어오시면 안 돼요."

"죄송합니다. 여쭤볼 말이 있어서 밖에서 기다리겠습니다."

"무엇을 여쭤보신다는 거죠?"

나는 기자증을 꺼내서 보였다.

"기자입니다. 아이들을 위해서 왔습니다."

그녀는 내 기자증과 내 얼굴을 연달아 바라보았다. 한참이 지나고 그녀는 기자증을 다시 내게 돌려주며 말했다.

"그럼 잠시 밖에서 기다리세요. 진정제를 놓아야 해서요."

"알겠습니다."

밖으로 나와 복도에 있는 의자에 앉았다. 털썩 앉고 나서야 내가 땀을 비 오듯 흘리고 있다는 것을 깨달았다. 이윽고 간호사는 병실에서 나왔다. 그녀는 나를 발견하고는 내 옆에 앉았다. 그리고 내게 손수건을 건넸다.

"땀 좀 닦으세요."

"감사합니다."

손수건은 차가웠다. 물기를 듬뿍 머금고 있어 땀을 식혀 주기 좋았다.

"뭐가 궁금하신 건가요? 시위를 취재하러 오신 거라면 광부들이 있는 병실은 이쪽이 아니에요."

나는 손수건을 돌려줄 때 알아차렸다. 간호사의 배가 불러 있었다. 만삭의 몸으로 힘겹게 간호를 하고 있는 것이다.

"얼마나 되셨습니까?"

"네?"

나는 배를 가리켰다.

"아. 넉 달쯤 됐어요."

"힘드시겠습니다."

"다른 사람들에 비하면 힘든 것도 아니죠."

"…그렇군요."

"뭐가 궁금하신 거죠?"

"저는 아이들이 다쳐 간다는 소식을 듣고 온 겁니다."

그녀는 한숨을 내쉬었다. 나는 수첩과 펜을 호주머니에서 꺼냈다.

"기록해도 될까요?"

그녀는 고개를 끄덕였다.

"아이들이 어떻게 아픈 건지 말씀해 주십시오."

"단순한 발작이에요."

"혹시 아이들이 원래 앓고 있던 질환이 있는 건 아닙니까?"

"그럴 수도 있겠죠."

"그럼 앓던 질환을 치료하면 되는 것 아닙니까?"

"현재로서는 방도가 없어요. 느닷없이 발작을 일으켜서 그때마다 진정제를 놓고 있는데 점점 투여량이 늘어나고 있어요. 더 큰 병원으로 옮겨야 하는데…."

나에게는 의학적 지식이 전무했기에 반드시 물어봐야 할 것이 있었다.

"혹시 정신병이 옮기도 하나요?"

그러자 그녀는 나를 매우 이상하다는 듯 쳐다보았다.

"그럴 수는 없어요. 불가능해요."

"사북여고에서 온 아이들인 걸로 알고 있습니다. 점점 발작을 일으키는 아이들이 늘어났다고 들었는데 혹시 의료인으로서 원인이 뭐라고 생각하시나요?"

그녀도 고개를 갸웃거리며 말했다.

"아무래도 지금 여기 상황이 정신적으로 압박을 받을 수밖에 없는 상황이잖아요? 아이들은 정신이 약해요."

"그런데 그게 저렇게 경기를 일으킬 정도인가요?"

간호사는 단호하게 말했다.

"그거밖에는 설명할 도리가 없어요."

"저 아이들이 다시 회복할 수 있을까요?"

"확답할 수 없어요."

"일말의 가능성도요?"

누군가 그녀를 멀리서 불렀다.

"이제 가 봐야 해요."

아이들이 있는 병실에는 지키는 이가 아무도 없었다.

"여기 병실은 어떻게 하고요?"

"지금 다친 사람이 몇인지 아세요?"

그녀는 지친 목소리로 말했다.

"나도 저 아이들이 걱정되지만 지금 돌봐야 하는 환자들이 한둘이 아니에요."

"그러다 아무도 없는 사이에 저 아이들이 다시 발작이라도 일으키면요?"

"최대한 자주 확인하는 수밖에 없어요. 모두를 신경 쓸 수는 없는 상황이에요. 이만 가 볼게요."

그리고 그녀는 마음도 몸도 무거운 몸을 이끌고 재빨리 그녀를 기다리는 환자들을 향해 달려갔다.

곧 태어날 저 아이에게 밝은 미래를 전해 줄 수 있을까….

텅 빈 기다란 복도에 나는 홀로 남겨졌다. 늘 그랬듯이.

"저기요."

복도에서 멍하니 넋을 놓고 있는데 병실 안에서 희미한 목소리가 들려왔다. 간호사를 불렀지만, 복도에 나 말고는 아무도 없었다.

"아무도 없어요?"

결국 나는 간호사의 말을 어기기로 했다. 문을 열고 들어갔다. 한 아이가 눈을 뜨고 깨어나 있었다.

"왜 그러니? 필요한 게 있니?"

"누구세요?"

"나는 서울에서 온 기자야."

"그렇구나."
소녀는 힘없이 말했다.
"불편한 곳이라도 있니? 사람을 불러 줄까?"
"그럼 간호사 언니한테 제 말 좀 전해 주세요."
"무슨 말?"
"이제 며칠 안 남았다고요. 경고해야만 해요."
"뭐가 며칠 안 남았다는 거니?"
"모든 것이요."
이해할 수 없는 말이다.
"조금 더 정확히 설명해 줄 수 있겠니?"
"이제 가셔야 해요."
"왜?"
"다시 악귀가 찾아올 거예요."
"악귀?"

양호 선생이 이 아이한테 이상한 말이라도 한 걸까. 이제는 악귀라는 단어에 진절머리가 났다.

"얘야, 그런 건 존재하지 않아."
그러자 소녀의 눈에 눈물이 맺혔다.
"다른 아이들도 곧 저처럼 노예가 될 거예요."
"그러니까 네 말은 악귀의 노예가 된다는 말이니?"
"네."

"혹시 누가 너한테 악귀가 있다고 말한 적 있니?"

"네. 하지만 그게 누군지는 말할 수 없어요."

아마도 양호 선생일 것이다. 그 사람 때문에 아이들이 허무맹랑한 이야기에 빠져 정신을 놓은 건 아닐까? 정신 나간 이로부터 세뇌를 당해 이 불상사가 발생한 것은 아닐까? 어쩌면 이 모든 원인이 그 양호 선생일 수도 있지 않을까?

"좋아. 그 악귀가 너한테 어떻게 했는데?"

"제 영혼을 가지고 놀아요. 잡았다 풀어줬다 계속 반복해요. 마치 제가 장난감이라도 되는 거처럼."

"그게 눈에 보이니?"

소녀는 겁먹은 표정으로 고개를 끄덕였다.

"어떻게 생겼니?"

"묘사하고 싶지 않아요."

아이에게 환각 증세가 있는 것 같다. 내게 의학적 식견은 없지만, 환각과 환청은 치료하기 어렵다는 것쯤은 알고 있다. 기자 생활 하며 나도 나름의 정보가 있기는 했다. 정신이 이상한 이들은 끝내 수술밖에 답이 없다고 들었다. 길고 가느다란 송곳을 콧구멍으로 집어넣어 안구를 지나 뇌를 휘젓는 수술이라고 했다.

그러면 난폭하던 환자가 온순해진다나.

내가 틀렸을 수도 있다. 하지만 나의 부족한 식견으로 보아도 그것은 그냥 환자를 아무것도 하지 못하는 멍한 병신으로 만들어 버리는 행위로밖에 보이지 않았다. 부디 이 아이가 쾌차하기를 바란다. 부디 이 아이들이 그 수술만큼은 피하기를 바란다. 시간이 지날수록 헛된 희망이겠지만.

"이대로라면 곧 사북의 모든 사람이 죽거나 다치게 될 거예요."
"얘야, 그런 일은 일어나지 않을 거야. 너는 얼른 낫는 데 신경을 쓰렴."
"아니에요. 사북이 위험해요."
"그 악귀 때문에 말이니?"
"네."
"내가 막을 테니 걱정하지 말거라."
"아저씨는 혼자서 상대하지 못해요. 사룡 무당님이 유일한 희망이에요."

어떻게든 이 아이를 안심시켜야겠지. 하지만 이 아이를 상대하다 보니 나도 점점 미쳐 가는 것 같았다.

"…사룡 무당?"
"네."
"이름이 사룡이니?"
"네."
"그 무당은 누가 알려 줬니?"
"제 꿈에 나왔어요. 그분은 사북여고 뒷문 쪽에 계세요. 그곳에서 악귀들을 막으려고 열심히 애쓰고 계셔요."

나는 수첩에 메모했다.

양호 선생, 사룡 무당. 빌어먹을 인간들. 가뜩이나 심신이 미약한 아이들한테 괴상한 소리를 지껄이며 세뇌를 시킨 것이다. 그래서 아이들이 정신을 잃은 것이다.

망할 종자들….

“곧 더 많은 제 친구들이 악귀의 손아귀에 들어가요.”
“…그래.”
“제 말을 못 믿으시나요?”
“아니, 그런 건 아니고….”
“직접 보시면 알게 되실 거예요. 밤에 학교로 가 보세요. 단 꼭 무당님을 뵙고 같이 가셔야 해요.”
“왜?”
“무당님이 부적을 주실 거예요.”

부적이라…. 별안간 의심이 들었다. 순진한 아이들을 빌미로 돈을 갈취하려는 일당들은 아닐까?

“혹시 부적을 사야 한다고… 그 사람들이 말한 적 있니?”
소녀의 얼굴이 갑자기 창백해졌다.
“가셔야 해요. 악귀가 오고 있어요.”

주위를 돌아보았다. 그러나 그 장소에는 아무것도 존재하지 않았다. 자그마한 벌레 새끼 하나 돌아다니지 않았다.

"여기에는 아무것도 없단다."

"어서 가세요!"

착잡한 마음으로 일어났다.

"알았다. 내가 그 악귀를 꼭 퇴치할 테니 너는 잠자코 푹 쉬렴."

마왕에 악귀에 무당에 부적까지 믿지 못할 허섭스레기들이 잔뜩 내 머릿속으로 들어왔다. 도대체 아이들이 미쳐 가는 이유가 무엇일까. 시끌벅적한 사북이 아이들의 마음을 무너뜨린 걸까. 안 그래도 가뜩이나 어지러운 판국에 괴상한 정보들이 아직 덜 여문 아이들의 머릿속에 들어와 이 사달이 일어난 것은 아닐까. 어찌 되었든 반드시 이 난관을 타개해야 한다. 일단 내일 날이 밝으면 사북여고에 가 봐야겠다.

여고

아침 일찍 일어났다. 먼저 취재하러 간다는 쪽지를 남긴 채 후배는 자리에 없었다. 아마 다시 탄광 앞으로 갔을 것이다. 그러나 내가 갈 곳은 그곳이 아니다. 내가 갈 곳은 사북여고다.

사북여고

진실은 그곳에 있다. 더 이상 아이들이 다치면 안 된다. 깊숙이 파헤쳐 진상을 밝혀내고 말 것이다. 나는 하굣길 시간에 맞추어 교문 앞에서 서성거렸다. 이윽고 학생들이 나오기 시작했다. 몇몇 학생들을 불러 보았지만 허탕이었다. 다들 귀가의 이유를 대며 제 갈 길 가기 바빴다. 당연하다. 그들에게 나는 믿을 수 없는 수상한 외지인이니까.

"안녕하세요!"

고개를 돌려 보니 지웅이 어느새 다가와 내 옆에 서 있었다.

"여기는 뭐 하러 오셨어요?"

"네 말대로 둘러보러 왔지."

"취재하러 오신 거예요?"

"그래. 학생들한테 직접 물어보고 싶은 것도 있고."

"저한테 물어보시면 돼요. 단 여기서는 안 돼요."

우리는 자리를 옮겼다. 학교를 나와 광산 반대쪽으로 걸었다. 굵은 소나무 아래 커다란 바위가 있었다. 우리는 거기 걸터앉았다. 나는 녹음기를 켰다.

"녹음해도 되지?"

지웅은 잠시 고민한 후 답했다.

"네. 대신 제 이름이나 사진은 안 나오게 해 주세요."

"그래. 약속할게. 고맙다."

"이거 만져 봐도 돼요?"

나에게 감자를 준, 따뜻한 호의를 건네준 그 소녀는 내가 들고 있는 녹음기를 신기한 듯 쳐다보았다. 나는 녹음기를 건넸다.

"사실 궁금한 게 아주 많아."

지웅은 녹음기를 이리저리 만지작거리다가 나를 똑바로 바라보았다.

"다 말해 드릴게요."

"우선 너희 학교 선생님들에 관해서 묻고 싶어. 다들 좋은 분들이니?"

"선생님들은 다들 좋은 분들이세요. 저희를 가르치시는 데 열정적이시고요."

"너희 선생님들은 아이들이 다쳐 가고 있는데 조치를 취하고 계시니?"

"그 일에 대해서 선생님들은 할 수 있는 게 없어요. 아직 어린 학생들이라서 그런 거라고, 가녀린 아이들이라서 그럴 수 있다고 하면서 안심시키려고 하세요."

그러나 힘없고 경험이 없는 아이들은 차마 두려움을 떨칠 수 없을 것이다.

"너는 나한테 무섭다고 했었지. 정확히 뭐가 무서운 거니?"

"아이들이 하나씩 정신을 잃어 가는 게 무서워요. 다 제 친구들이거든요. 이제는 지긋지긋해요."

"뭐가?"

"이번에는 누가 끌려갈지 조마조마하기 싫어요."

"그렇구나…."

어느새 풀이 죽은 아이였다. 그러나 나는 물어봐야만 했다.

"혹시 다친 아이들의 공통점이 있니?"

"아니요."

나는 잠시 뜸을 들이다 물었다.

"양호 선생님은 어떻게 생각하니?"

그러자 지웅이 주위를 살폈다.

"무언가 들으신 거죠?"

"그래. 그런데 그게 사실인지는 잘 모르겠다."

"양호 선생님이 가장 헌신적이세요. 항상 따뜻하게 대해 주세요."

"혹시 그분이 너희한테 이상한 말을 한 적은 없니?"

그러자 지웅이 정색하며 말했다.

"양호 선생님은 그런 분이 아니에요."

"너한테 궁금한 게 있어."

"그게 뭔데요?"

"너는 귀신이 있다고 생각하니?"

"네."

너무 자신 있게 대답해서 당황했다.

"…그럼 아이들이 다친 게 귀신 때문이라고 생각하니?"

"네."

"그런 건 없어."

"왜죠?"

나는 당황했다.

"귀신이 존재한다는 증거가 없잖니."

하지만 지웅은 외려 내가 이상하다는 듯이 말했다.

"존재하지 않는다는 증거도 없잖아요."

그 말에 말문이 막혔다. 나는 귀신이 있다고 믿지 않았다. 그러나 그게 없다는 증거를 찾으려고 애쓴 적도 없다. 이 지구상 모든 곳을 내가 전부 직접 살펴본 것은 아니니까.

그러나 귀신은 존재하지 않는다.

나는 확신한다.

“저는 직접 봤어요.”

“어떻게 생겼는데?”

지웅이 고개를 절레절레 흔들었다.

“끔찍해요. 떠올리고 싶지 않아요.”

“어디서 봤는데?”

“학교 뒤편 창고에서요.”

“그게 언젠데?”

“며칠 전 밤에요. 학교에 두고 온 게 있어서 찾으러 갔었거든요.”

“…밤에?”

“네.”

내 생각보다 훨씬 강인한 아이였다. 하긴 그러니까 온전한 정신을 지니고 내게 진실을 전해 주고 있겠지.

“용감하구나.”

내 말에 지웅은 웃었다.

“그런 편이에요.”

“다만 헛것을 본 건 아니니?”

“아니에요. 직접 보시면 알게 되세요.”

“너는 나를 처음 보았을 때 도와 달라고 했어. 네 말대로 아이들을 다치게 한 존재가 귀신이라면 기자인 내가 도대체 어떻게 도울 수 있다는 거니?”

"기사로 내 주세요."

지웅은 확고하게 요구했다.

"단순히 기자라고 해서 기사를 막 낼 수 있는 건 아니야."

"악귀가 제일 무서워하는 게 사람들이 관심을 가지는 거예요. 사람들이 알게 되면 함부로 나설 수 없으니까요."

양호 선생과 똑같은 소리를 하고 있었다. 분명 그 선생이 이 아이들한테 괴상한 이야기를 주입한 것이다.

"제발 기사로 내 주세요."

"노력해 보마."

나는 녹음기를 껐다. 자리에서 일어나려 할 때 지웅이 내 손을 꼭 붙잡았다.

"제 말 못 믿겠으면 밤에 학교로 가 보세요."

"알았다."

"절대 혼자 가시면 안 돼요."

"알았다. 오늘 고마웠어. 집에 조심히 가."

하지만 지웅은 내 손을 놓아주지 않았다.

"알았어. 그렇게 할게."

"절대 혼자 가시지 마세요."

"그래. 염려하지 말거라."

나는 지웅이 시야에서 사라질 때까지 바라보았다. 양호 선생을 어떻게든 학교에서 내쫓아야 한다. 선생이란 작자가… 아니, 의료인이란 작자가 허무맹랑한 무속신앙에 빠져 아이들을 세뇌하고 있다. 그러나 과연 그게 발작을 일으킬 정도로 영향을 끼쳤을까. 지금으로서는 양호 선생이 원인이다. 그것밖에는 명쾌한 해답이 없다.

침묵의 목격

“대체 어디 갔다가 이제 오세요?”

후배는 신통치 않은 표정으로 나를 보고 있었다.

“잠시 다른 데 좀 둘러보고 왔어. 뭐 좀 건졌니?”

“네. 인터뷰하고 사진 좀 땄습니다.”

하지만 후배는 여전히 못마땅한 표정이었다.

“선배는 취재 안 하세요?”

“하고 있어.”

“저보고 현장에 있으라면서 정작 선배는 다른 데 계세요?”

“너는 네 일이나 똑바로 해. 나는 나대로 할 일이 있어.”

“대체 그게 뭔데요? 저번에 말씀하신 그 아이들이요?”

“그래. 아이들이 피해를 보고 있어.”

“저희는 이 파업을 취재하러 왔어요. 지금 그것보다 중요한 건 없어요.

당연히 파업에 집중해야죠."

"그렇기에 더더욱 나는 아이들에게 무슨 일이 일어나는지 알아내야만 해. 모두가 파업에 집중하고 있으니 아무도 아이들을 돌보고 있지 않아."

나는 후배가 제 생각이 짧았다는 것을 알아차리기를 바랐다.

"아이들이 정신을 잃고 경기를 일으키고 있어. 점차 더 많은 아이가 다칠 수도 있어. 나는 그 꼴 손 놓고 보고만 있을 수 없다."

후배는 한참이 지나고 나서 말했다.

"잘 알겠습니다. 선배 말이 일리가 있네요."

"이해해 줘서 고맙다."

"아닙니다. 제가 생각의 시야가 좁았어요."

"그래서 현장 와서 취재해 보니까 어때?"

"많이 힘드네요. 그렇지만 그만큼 보람도 있습니다."

보람이 있다고 했다. 후배는 열심히 취재했다. 분명 온 정성을 다해 기사를 쓸 것이다. 그러나 그 기사가 그대로 나갈 수 있을까. 과연 검열을 피하고 진실을 전할 수 있을까. 진실이 거대한 힘에 가로막히는 현실을 후배가 받아들일 수 있을지 나는 모르겠다.

"선배는 이제 뭐 하시려고요?"

지웅이 말했다. 밤에 학교로 가 보라고. 그 말을 믿고 밤에 학교에 가는 건 우스꽝스러운 일이다. 그런데 왠지 모르게 한번은 확인해 봐야 할 것 같다는 생각이 들었다. 그래야 내가 떳떳하게 아이들을 설득할 수 있을 것이다.

"너한테 하나 물어보고 싶은 게 있어."
"그게 뭔데요?"
"너는 귀신을 믿니?"
"귀신이요?"
"믿니?"
후배는 너털웃음을 터뜨렸다.
"당연히 안 믿죠. 그런데 그건 왜 물어보세요? 설마 선배는 믿으세요?"
"아니. 그래서 확인해야 할 게 있어. 너 나랑 같이 밤에 어디 좀 가자."
"어디를 가시게요?"
"사북여고."
"지금 가시면 되지 왜 굳이 밤에 가세요?"
"확신이 필요해서."
후배는 머리를 긁적이며 알겠다고 했다. 해는 힘겹게 빛을 내며 산등성이를 넘어가고 있었다. 우리는 집에서 잠시 쉬다가 늦은 밤에 학교를 향해 출발하기로 했다. 해가 지고 어둠이 사북을 드리웠다. 점점 밤이 깊어질수록 심장이 요동치기 시작했다. 분명 아무것도 없다는 것을 나는 알고 있다. 그런데 도대체 왜 이리 긴장이 되는 걸까. 말도 안 되는 이야기를 너무 많이 들어서라고 믿는다. 광산을 지나 학교로 향할 때 진한 유황 냄새 비슷한 것이 코를 찔렀다. 기분 나쁜 냄새다. 밤에 도착한 학교는 온 건물에서 스산한 분위기를 내뿜었다. 교문은 굵은 쇠사슬로 잠겨 있었다.
"선배, 잠겨 있는데요?"

"담을 넘자."

"예? 그래도 됩니까?"

"잔말 말고 따라와."

나와 후배는 담을 넘었다. 후배는 담을 넘다 굴러떨어졌다. 넘어지고 욕지거리를 내뱉었다. 손바닥에 물집이 잡히고 피가 흐르고 있었다.

"괜찮아?"

"그렇게 심한 상처는 아니에요. 우선 물로 씻어 내야 하겠어요."

나는 학교 안으로 들어갔다. 창문으로 달빛이 흘러들어 와 어둠이 그리 짙지 않았다. 1층 복도를 따라 걷던 나는 화장실을 발견했다.

"이쪽으로 와. 여기 화장실이 있어."

후배는 세면대에서 흐르는 물에 상처를 닦았다. 밖에서 후배를 기다리고 있을 때 괴상한 소리가 들렸다. 위층에서 무언가 깨지는 소리가 났다. 나는 무언가에 홀린 듯이 소리의 근원을 찾아 계단을 올라갔다. 이번에는 둔탁한 소리가 났다. 쿵쿵거리는 소리가 들렸다. 위층에 올라갔을 때 일순간 어두워졌다. 창밖을 보니 구름이 달을 가렸다. 다시 우당탕, 부딪치는 소리가 들렸다. 나는 벽을 더듬으며 천천히 소리가 나는 곳을 향해 다가갔다.

"계세요?"

그때 온몸에 소름이 쫙 끼쳤다. 아무것도 보이지 않는 칠흑 같은 어둠이지만 분명히 내 앞에 무언가 존재한다는 것을 직감적으로 알 수 있었다. 그 물체는 천천히 내게 다가왔다. 걸음 소리가 점점 가까워질수록 유황 냄새가 강하게 느껴졌다.

"눈감고 뒤로 천천히 와요."

그때 내 뒤에서 여자가 나에게 속삭였다. 나는 시키는 대로 눈을 감고 뒷걸음질 쳤다.

"그대로 천천히 걸어와요."

"…알겠습니다."

"절대 눈 뜨지 마요."

천천히 한 발짝씩 뒤로 걸었다. 별안간 내 손을 잡고 빠르게 끌어당겼다.

"뛰어요!"

그녀를 따라 허겁지겁 뛰었다. 그렇게 학교 밖까지 뛰었다. 숨을 고르고 보니 나를 꺼내어 준 이는 양호 선생이었다.

"이제 괜찮아요."

그녀가 말할 때 깨달았다.

큰일이다.

아직 종석이 안에 있다.

구해야 한다.

"잠깐만요."

"왜요?"

"다시 돌아가야 해요."

"절대 안 돼요."

"제 후배가 안에 있어요."

다시 건물 안으로 들어가려 할 때 나는 목격했다. 창문에서 검은 물체가 나를 바라보고 있었다. 구름이 걷히고 달빛이 학교를 드리웠다. 그것은 얼굴이 온통 검었고, 머리에서는 피를 줄줄 흘리고 있었다. 그리고 나를 똑바로 직시했다. 그녀는… 아니, 그 물체는 입을 광대까지 쫙 찢으며 웃었다. 기괴하게 온몸이 꺾인 저 물체는 그 자리에서 서서히 춤을 추기 시작했다. 차마 말로 형용할 수 없는 끔찍한 것이다. 나는 확신했다.

저건 사람이 아니다.

나는 그 자리에 선 채로 굳어 버리고 말았다.

"선배!"

후배가 운동장에서 나를 부르며 다가왔다.

"대체 어디 계셨어요?"

그러나 나는 대답하지 못했다. 후배가 투덜대며 말했다.

"한참 찾았잖아요."

"너도 저거 보이니?"

나는 눈을 떼지 못하고 창문을 가리켰다.

"뭐요?"

"저거."

"아무것도 없는데요?"

"뭐라고?"

나는 후배가 나랑 같은 것을 보고 있는지 확인했다. 그러나 그 짧은 사이 그 존재는 사라지고 없었다.

"도대체 뭐를 말씀하시는 거예요?"

도통 영문을 모르겠다는 표정이었다.

하지만 나는 보았다. 믿을 수 없었다. 분명 그런 건 존재하지 않는다고 생각했다. 그러나 내 모든 감각이 깨어나 외치고 있었다.

내가 본 건 생명이 아니다.

"선배?"

나는 후배의 말이 귀에 들어오지 않았다. 계속 그것이 서 있던 창문을 바라보았다.

"선배!"

후배가 나를 흔들었다. 그제야 정신이 차려졌다.

"괜찮으세요?"

양호 선생이 나와 후배에게 노란 부적을 건넸다.

"이거 받아요. 이제부터 몸에 지니고 있어요."

"이게 뭡니까?"

"그게 지켜 줄 겁니다. 보이는 건 막지 못하지만 적어도 해를 가하지는 않을 거예요."

그러자 후배가 코웃음을 쳤다.

"선배, 도대체 이게…."

"고맙습니다."

나는 냉큼 부적을 받았다.

"두 분 다 집으로 돌아가서 쉬세요. 날이 밝으면 다시 얘기해요."

"알겠습니다. 내일 뵙겠습니다."

그리고 그녀는 빠른 걸음으로 어디론가 사라졌다.

"시골은 아직도 이런 걸 가지고 다니네요."

후배는 부적을 들고 콧방귀를 끼었다. 잠시 부적을 신기한 듯 이리저리 살피더니 찢어 버리려고 했다.

"그냥 버리죠."

"안 돼!"

"네?"

"너 그거 잘 지니고 있어라."

"아니, 선배까지 대체 왜 그래요?"

"너… 정말 아무것도 못 봤니?"

"뭐가 있었어요?"

후배는 아무것도 모르겠다는 얼굴이었다.

"일단 여기서 벗어나자."

나는 종종걸음으로 집을 향해 걸었다.

"정말 아무것도 못 봤어?"

"네."

"정말 단 하나라도 뭐 이상한 거 못 느꼈어?"

"글쎄요. 조금 어지럽기는 했어요. 탄광 냄새인지는 모르겠는데 하여튼 지독하더라고요. 그런데 대체 왜 그러세요?"

"나도 믿기지 않아."

믿을 수 없었다. 내 가치관이 송두리째 흔들리고 있었다. 나는 항상 논리적으로 생각하려 했다. 그런데 그게 깨졌다. 분명 내가 본 건 사람이 아니었다. 본능적으로 악의로 가득 찬 존재라는 게 느껴졌다.

"선배!"

"응?"

"어디 가세요?"

정신을 차려 보니 집을 지나쳐서 걷고 있었다.

"선배."

"어."

"학교에서 무슨 일이 있었어요? 도대체 왜 그래요? 아까부터."

"너는 내 말을 믿을 수 있겠니?"

후배는 고개를 끄덕였다.

"나는 귀신이나 영혼 같은 건 없다고 믿었어. 실제로 그게 맞고. 심지어 나는 신도 믿지 않는 사람이야."

"그렇죠."

"그런데 있을 수 없는, 아니… 있어서는 안 되는 존재를 본 것 같다."

"설마 지금 저한테 귀신을 봤다고 말씀하시는 거예요?"

"그래."

후배는 한숨을 내쉬었다.

"선배, 정신 차려요."

이제야 양호 선생의 말이 충분히 이해가 갔다. 귀신이 있다는 말을 누가 쉽사리 믿을 수 있겠는가.

"그런 건 없어요."

"아니야. 똑똑히 봤어."

후배는 나를 잠시 응시하고는 말을 이어 나갔다.

"선배, 지금 심신이 약해져서 그래요. 게다가 어두운 곳이라서 헛것을 본 겁니다."

"아니야. 헛것이 아니었어."

"그럼 다시 돌아가요. 다시 가서 확인해 봐요."

후배는 왔던 길을 다시 돌아가자고 했다. 나도 그러고 싶다. 그러나 두려웠다. 그것을 목격한 순간을 다시 상상할수록 머리부터 발끝까지 소름이 쫙 끼쳤다.

"…안 돼. 일단은 자고 내일 생각하자."

"좋은 생각이에요. 선배가 지금 너무 피로해서 그래요. 일단 푹 쉬세요."

"그래. 들어가서 먼저 자라."

"알겠습니다."

후배는 방 안으로 들어갔다. 나는 담배를 꺼내 물었다. 손이 덜덜 떨려 성냥에 불이 붙지 않았다.

정말 헛것을 본 걸까. 진심으로 그렇게 믿고 싶다. 그러나 아니다. 헛것이 아니었다. 나는 분명히 보았고 느꼈다. 그것은 존재한다. 그리고 그것은 무고한 여학생들이 있는 학교에 존재한다. 아이들을 미치게 만든 게 그 존재일까. 아이들이 미친 이유를 과학적으로 설명할 수 없었다.

정신병은 전염병이 아니니까.

그 악한 존재가 아이들을 가지고 놀고 있는 게 아닐까. 양호 선생과 입원한 아이의 동일한 증언이 점차 아귀가 맞아 가는 것 같다. 그렇다면 내가 할 수 있는 것은 무엇일까. 과학적으로 설명할 수 없는 일이다. 그렇다면 비과학적으로 설명할 수 있는 이를 만나야겠지. 그 사룡 무당이라는 자를 만나 봐야겠다.

그자라면 내게 이해할 만한 설명을 해 줄 수 있지 않을까?

"어디 다녀오니?"

아버지가 어느새 내 옆에 서 있었다.

"잠깐 바람 좀 쐬고 왔어요."

아버지는 아무 말이 없었다.

"먼저 들어가 볼게요."

"창아."

아버지가 나지막한 목소리로 나를 불렀다.

"네."

"서울로 돌아가라."

"…왜요?"

"여기서 네가 할 수 있는 건 없어."

부아가 치밀었다. 나는 평생을 무력감에 빠져 살아왔다. 그렇기에 더욱 화가 났다. 내가 할 수 있는 것을 반드시 해낼 것이다. 나는 반드시 아이들을 구할 것이다.

"제가 왜 할 수 있는 게 없다는 거죠?"

아버지는 그 움푹 파인 눈으로 나를 지긋이 바라보았다. 그리고 힘없이 말했다.

"여기는 사북이야."

그러고 아버지는 안으로 들어갔다.

여기는 사북이야.

홀로 남겨진 나의 머릿속에 그 말이 계속 맴돌았다. 다시 무력감이 내게 찾아오는 듯했다. 그러나 떨쳐 내기로 했다. 나는 마음을 먹었으니까. 아이들을 구해 내고 말 것이니까. 무력감도 두려움도 떨쳐 낼 것이다. 지금은 마음을 차갑게 해야 한다. 냉정해져야 실수하지 않는다. 나 자신을 돌보는 것도 거기 포함된다. 신체적으로나 정신적으로나 건강해야 한다. 나는 방 안으로 들어가 누웠다. 후배는 이미 코를 골며 잠들어 있었다. 내일의 또렷한 정신을 위해 나는 억지로 눈을 감았다.

2부

혼돈의 탄광

수호자

아침 공기가 서늘했다. 선선하다기보다는 쌀쌀하다는 게 더 정확한 표현일 것이다. 아침 공기는 뼛속까지 내 몸을 시리게 만들었다. 나는 아직 자는 후배를 뒤로하고 부적을 챙겨 밖으로 나왔다. 그리고 학교를 향해 걸었다. 뒷문에 사룡 무당이라는 자가 살고 있다고 했다. 그자는 무언가 알고 있을지도 모른다. 어쩌면 해답도 말이다.

학교는 스산했다. 아침 안개에 둘러싸여 희미하게 보였다. 저 기분 나쁜 곳에서 사북의 미래가 자라고 있다. 나는 뒷문을 찾아 걸었다. 학교를 한 바퀴 돌고 나니 문이라고 말하기도 뭐한 낡고 녹슨 철문이 나왔다. 그 문은 광산과 맥이 연결되는 산을 등지고 있었다. 나는 산을 향해 걸었다. 오래 걷지도 않았다. 잠시 걸으니 녹슨 종들이 다닥다닥 붙어 있는 빨간 움막이 하나 나왔다. 내 목적지에 제대로 도착한 것 같다.

"계세요?"

안에는 아무도 없었다. 뒤에서 인기척이 들렸다. 돌아보니 모가지에서 피를 뚝뚝 흘리는 닭과 서슬 퍼런 칼을 든 젊은 여자가 나를 쳐다보고 있었다. 난생처음 보는 광경에 차마 말을 걸기 찝찝했지만 인사를 건넸다.

"안녕하십니까."

그러나 그녀는 대답하지 않고 나를 휙 지나 움막 안으로 들어갔다.

"여쭤볼 게 있어서 왔습니다."

여전히 대답이 없었다.

"들어가도 될까요?"

나는 천천히 안으로 들어갔다. 그녀는 나를 빤히 바라보며 북을 꺼냈다. 그리고 갑자기 미친 듯이 북을 치며 소리를 질러 댔다. 눈이 뒤집히고 입에서는 하얀 거품이 흘러나왔다. 나는 당황해 그녀에게 달려갔다.

"이봐요! 괜찮아요?"

그녀는 내 품 안에서 몸을 부르르 떨며 푹 쓰러졌다.

"잠시만 기다려요. 사람을…."

"아이들을 도우러 왔나?"

갑자기 온 땅이 흔들리는 듯한 한 낮고 굵은 음성이 그녀의 입에서 흘러나왔다. 목소리는 무당의 입에서 나오고 있었지만 분명 무당과 다른 존재였다. 나도 모르게 그 목소리에 예를 갖춰 존대했다.

"그렇습니다."

"왜 돕고 싶어 하지?"

"…아이들은 죄가 없으니까요."

그녀가 숨을 내쉴 때마다 마치 저 밑바닥 끝에서부터 거대한 짐승의 포

효가 들리는 듯했다. 압도적이었다.

"너는 평생을 이기적으로 살아왔어. 위선자가 되고 싶은가?"

"저는 그렇게 살아오지 않았습니다."

"네 밥그릇 챙기기 바쁜 인간이 바로 너 아닌가?"

나는 할 말을 잃었다. 맞는 말이었다. 그러나 지금은 다르다.

"그러나 이 아이들은 꼭 구하고 싶습니다."

"왜지? 네게 이득이 되리라고 생각하기 때문인가?"

나는 초라하게 중얼거렸다.

"…그저 아이들이니까요."

아이들은 죄가 없다.

그녀는… 아니, 그 존재는 나를 노려보았다. 그리고 다시 눈이 뒤집히더니 정신을 잃었다. 뒤로 발라당 쓰러졌다.

"이봐요!"

그러나 미처 당황할 틈도 없이 그녀는 바로 일어나 자리에 앉았다.

"괜찮으십니까?"

"부적을 지니고 왔군요?"

"그렇습니다. 몸은 괜찮으신 건가요?"

"걱정하지 마세요. 잠시 제 몸을 산신님께 빌려드렸을 뿐이에요."

"산신이요?"

"사북을 지키시는 분이지요. 다행히 당신을 마음에 들어 하시는 것 같네요."

"그렇군요."

물어보고 싶은 게 너무 많았지만, 나는 뜸을 들였다. 어디서부터 시작해야 할지, 어떻게 말을 꺼내야 할지. 궁금한 게 너무도 많았다.

"여쭤보고 싶은 게 있습니다."

"물어보세요."

"악귀가 정말로 존재하나요?"

"어제 직접 보지 않았습니까?"

"…그걸 어떻게 아시죠?"

그녀는 나를 지긋이 바라보았다.

"혹시 양호 선생님께 들으신 건가요?"

"그런 말은 하지 마세요. 부정 탑니다."

"저는 그냥 궁금해서요."

"당신은 어젯밤 직접 그것을 보았습니다."

그녀는 딱 잘라 말했다.

"알겠습니다."

악귀는 존재한다.

어떻게 해야 무찌르고 아이들을 지켜 낼 수 있을까.

"악귀는 어떻게 막아야 하나요?"

"쉽지 않아요. 보통 녀석이 아니에요."

"방법이 아예 없는 건가요?"

"사북에서 얼마나 많은 이가 희생되었는지 아세요?"

분명 많은 이들이 탄을 캐다 다치거나 죽었다. 내가 사북을 떠난 후에도 그 부상과 희생은 쭉 이어졌을 것이다.

"…네."

"그 많고 많은 혼의 한과 분노를 다스려야 했어요. 그러나 그것들이 한데 뭉쳐 눈덩이처럼 커졌어요. 그리고 외부에서 들어온 사악한 기운과 합쳐졌어요. 그렇게 그 한과 분노들은 거대한 악귀가 되었죠."

"그렇군요."

"반드시 몰살시켜야 해요."

"몰살이요?"

"흔적도 남지 못하도록 아예 씨를 말려야 해요."

"그렇게 위험한 상황이면 뭐라도 해야 하는 것 아닙니까?"

"아직이요."

"아이들이 다치는 것을 막지 못한다는 말씀이신가요?"

"방법은 있어요."

나는 반색하며 물었다.

"그게 뭐죠?"

"굿을 해야 해요."

굿이라니. 말로만 들었었고 들을 때마다 피식 웃으며 생각했었다.

그게 가당키나 해?

그러나 대수롭지 않게 넘겨짚었던 그 무속신앙이 유일한 해결책이었다.

"그렇다면 서둘러야 하지 않나요?"

"상대가 너무 강해서 제대로 준비해야 해요. 마침 당신이 필요했어요."

"저요?"

"네."

"제가 무슨 쓸모가 있다고요."

"젊은 남자, 그리고 사람들과 많이 소통하는 자. 그런 사람이 필요해요. 악귀는 그런 자를 싫어합니다. 함부로 건들 수 없거든요."

내가 쓸모가 있다고?

"어째서 그렇죠?"

"악귀는 자기 존재가 널리 알려지는 것을 싫어합니다."

"그렇군요."

"저도 아이들을 위해서 최선을 다하고 있지만 역부족이에요. 일단은 돌아가세요. 조만간 기별할 테니."

"알겠습니다."

나는 돌아서다 말고 그녀에게 물었다.

"그런데 왜 하필 아이들인가요?"

"아이들은 연약하고 순수해요. 그만큼 악귀가 다루기 쉽죠."

인간이나 악귀나 생각은 비슷했다.

아니… 어쩌면 우리가, 이 세상이 저 아이들에게는 악일 수도.

"우리를 무력하고 비참하게 만드는 거죠. 여리고 순수한 아이들이 다치는 것을 보여 줌으로써요."

"…알겠습니다. 나중에 다시 뵙겠습니다."

움막을 나와 걸었다. 학교 안에서는 여학생들의 웃음소리가 들려왔다.

저 웃음을 반드시 지켜야 한다.

안경다리

탄광 앞으로 가니 다리는 아수라장이었다. 광부들이 콜록거리며 휘청거렸고 건너편에서는 경찰들이 최루탄을 발사하고 있었다. 경찰들은 확성기로 해산하라는 말을 외쳤다. 매캐한 최루탄 연기에 눈물과 콧물이 주르륵 흘러나왔다. 심지어 어떤 이는 코피를 흘리는 이들도 있었다. 경찰들은 멈추지 않고 다리를 향해 최루탄을 발사했다. 그때 최루탄이 수평으로 날아와 한 광부의 머리를 직격했다. 광부들을 향해 직사한 것이었다. 머리에 피를 흘리는 광부가 바닥에 나동그라져 몸을 부르르 떨었다. 이건 아니다. 광부들은 분노했다. 그들은 경찰들에게 더 힘차게 돌을 던졌다.

이 개새끼들아! 이런 썩을 놈들!

온갖 욕지거리가 나오고 분노는 걷잡을 수 없이 커지고 있었다. 광부들은 더욱 힘차게 돌을 던졌고 아낙들은 뒤에서 보자기에 돌을 담아 광부들에게 전달했다. 계속해서 날아오는 돌에 맞은 몇몇 경찰들이 쓰러지자 그들은 황급히 철수했다.

이겼다.

적들을 무찔렀다.

그러나 그 피해는 너무도 컸다. 그 누구도 승리를 축하하지 못했다. 광부들의 피해가 너무도 막심했다. 소름 끼치는 적막만이 흘렀다. 광부들은 쓰러진 이들을 업고 병원으로 달려갔다. 병원은 피해자들로 가득했다. 여기저기에 피가 묻은 거즈가 떨어져 있고 가위와 메스를 달라는 외침이 곳곳에서 들려왔다. 끔찍한 장면이었다. 그 혼란 속에서 나는 권수를 보았다. 권수는 계속해서 셔터를 눌러 댔다. 그 피해의 현장을 고스란히 담으려고 이리저리 병실을 옮겨 다녔다. 나는 멍하니 환자들로 가득한 복도를 걷다가 후배를 발견했다. 후배는 초점을 잃은 눈으로 바닥에 쪼그리고 앉아 있었다. 정의감은 사라지고 무력함과 공포만이 존재했다.

"종석아."

후배는 귀를 막고 떨고 있었다.

"종석아!"

내가 어깨를 건드리자 후배는 소스라치게 놀랐다.

"…선배."

"괜찮니?"

아무 말도 없었다.

"종석아."

"네. 선배."

"괜찮니?"

후배는 광부들의 비명이 들리는 병실을 바라보며 떨리는 목소리로 말했다.

"…네."

"야!"

나는 후배에게 고함을 질렀다.

"여기가 현장이야. 정신 차려. 진실을 전하고 싶다면서 이러고 있으면 어떡해."

새파랗게 어린 기자는 고개를 끄덕였다.

"일어나."

나는 억지로 후배를 일으켜 세웠다.

"카메라 꺼내."

"…네. 선배."

"찍어. 하나도 남김없이."

"선배."

"왜?"

"…못 하겠어요."

후배가 울먹거리며 말했다.

그러나 반드시 해내야 한다. 지금을 극복해야 한다.

나는 후배의 뺨을 후려갈겼다.

"야, 이 새끼야. 정신 똑바로 차리지 못해! 당장 카메라 꺼내서 찍어. 이런 게 현장이야. 이게 진실이라고."

이걸 견디지 못하면 그는 진정한 기자가 될 수 없다.

"이 사람들을 돕고 싶으면 네가 할 수 있는 일을 해."

"…그게 뭐죠?"

나는 카메라를 억지로 쥐여 주었다.

"진실을 전하는 것."

후배는 눈물을 닦으며 고개를 끄덕였다.

"맞아요. 정신 차리겠습니다."

"하나도 남김없이 다 찍어."

후배는 떨리는 손으로 셔터를 누르기 시작했다. 여기서 무너지면 안 된다. 지금의 세상은 무너질 일이 너무도 많다. 그러나 이 친구가 무너지더라도 지금이 되어서는 안 된다. 우리가 진실을 전할 수 있는지는 모른다. 그 비정한 현실에 무너질 수도 있겠지. 그러나 적어도 현장에서 무너지면 안 된다. 목격했으면 증거를 수집하고 말로 글로 전달할 수 있어야 한다. 그게 기자다.

"선배, 위층 병실도 찍으러 가 보겠습니다."

"그래. 전부 다 찍어."

후배는 위층으로 올라갔다. 다시 기자로서의 정체성을 찾았다. 다행이다. 그러나 병원 안은 너무도 참혹했다. 비명과 울음소리가 가득하다. 구급상자를 들고 바삐 뛰어다니는 간호사들은 땀을 비 오듯 흘렸다. 그 순간 나는 들었다. 희미했지만 소름 끼치도록 째지는 여성의 비명을. 나는 소리의 진원지를 향해 다가갔다. 소리는 학생들이 있는 병실에서 나왔다. 그 병실에는 의사도 간호사도 없었다. 다들 광부들을 치료하느라 바빴다. 나는 안으로 들어갔다. 침상에 묶여 있는 학생들은 모두 깨어나 있었다. 비명을 지르고 있는 아이도 있었고, 실성하여 미친 듯이 웃고 있는 아이도 있었다. 너무도 기괴했다.

"얘들아, 정신 차려!"

나에게 악귀의 존재를 알린, 악귀의 위험성을 경고해 준 아이는 입에 하얀 거품을 물고 몸을 부르르 떨고 있었다.

"아무도 없습니까? 도와주세요!"

천으로 흘러나오는 거품을 닦아 내며 도움을 청했지만 도움은 나타나지 않았다. 나는 아이를 편안한 자세로 눕히고 계속해서 거품을 닦았다. 이윽고 아이는 축 늘어지며 발작을 멈추었다. 건너편 침상에 묶인 아이가 낄낄거리며 말했다.

「너는 아무도 돕지 못해.」

"…뭐라고?"

「제대로 들었잖아, 기자 양반.」

온몸에 소름이 쫙 끼쳤다.

지금 나와 대화를 나누고 있는 저 존재는 학생이 아니다. 사람도 아니다.

"너 누구야?"

「나?」

내 말을 듣고는 더욱 기분 나쁘게 웃었다.

「누군지 알잖아?」

식은땀이 흐르고 심장이 마구 뛰었지만 나는 대화를 이어 나갔다. 이 존재의 의도와 목적을 알아야 한다.

"왜 아이들을 괴롭히는 거지?"

「재밌으니까.」

재미로 이런 짓을 한다고?

분노가 치밀어 올랐다.

"원하는 게 뭐야?"

「사북이 내 손아귀에 들어오는 거.」

두려웠다. 얼마나 강한 존재인지 가늠이 되지 않았다.

「기자 양반.」

"…나를 그렇게 부르지 마."

「좋아. 그럼 이건 어때? 위선자.」

나는 대답하지 않았다.

「여기서 누가 제일 마음에 들어?」

"…무슨 소리야?"

「내 말만 잘 듣는다면 이 아이들이랑 한번 하게 해 줄게. 이 아이들 발육도 좋고 탄력이 좋아. 쫄깃하지. 그게 네가 원하는 거 아냐?」

나는 분노를 이기지 못하고 달려들어 주먹을 갈겼다. 그러나 주먹을 휘두를수록 점점 더 큰 조롱이 돌아왔다.

「너는 나를 때리는 게 아니야.」

"…뭐?"

「이 아이를 때린 거지.」

갑자기 얼굴이 뒤틀리더니 목소리가 바뀌었다.

「아저씨, 너무 아파요. 무서워요. 제발 때리지 마세요.」

주먹이 마구 떨렸다.

내가 무슨 짓을 한 것인가.

"미안해. 사람들을 불러올게."

「순진하군.」

어느새 겁에 질린 아이의 목소리는 사라지고 비열한 목소리가 다시 아이의 목청에서 들려왔다.

「이건 어때?」

이번엔 중년 여성의 목소리가 들려왔다.

「아들, 이러지 마. 엄마 너무 무서워.」

저 존재는 내 어머니가 아니다. 나는 어머니의 음성을 들어 본 적조차 없다. 그러나 흔들렸다. 나를 가지고 놀고 있었다.

"당신이 내 어머니라고?"

「우리 아들… 너무 보고 싶었어.」

나는 심호흡을 했다. 끓어오르는 분노를 가라앉히고 속을 다스리며 물었다.

"정말 당신이 내 어머니라고? 좋아. 그러면 질문 하나 하자."

「아들, 그게 무슨 소리야?」

"당신이 나를 언제 떠났지?"

그러자 아무 대답도 돌아오지 않았다.

"나를 언제 버렸냐고."

아이의 호흡이 가빠지기 시작했다. 그리고 얼굴이 심하게 뒤틀렸다.

"모르는군."

나는 최대한 평정심을 유지하며 눈앞의 존재를 농락하려 했다. 내가 우위를 점할 수 있는 기회다.

"뭐라도 되는 것처럼 말하더니 너도 한낱 약한 존재에 불과해. 그러니 힘없는 아이들만 골라서 괴롭히는 거지. 그마저도 곧 못 하게 될 거야. 너는 반드시 소멸한다. 그렇게 되어 있어. 내가 그렇게 만들 거야."

「내가 약하다고?」

"그래."

「확실해?」

상대방은 실실 웃으며 내게 대답했다.

"너는 아무것도 아니야."

그러자 갑자기 구토하기 시작했다. 토사물이 이불에 잔뜩 떨어졌다.

「기자 양반, 그럼 어디 한번 살려 보시든가.」

일순간 이불이 빨갛게 젖었다. 아이의 음부에서 피가 흘러나왔다. 무엇을 어떻게 해야 할지 몰랐다. 그때 간호사가 병실로 들어왔다.

"피를 흘립니다…."

나는 무력하게 서 있었다. 간호사는 아이에게 진정제를 놓았다. 아이는 이내 깊은 무의식에 빠졌다. 무겁고 두려운 마음으로 밖으로 나왔다. 끔찍한 조우였다. 이제는 더욱 확실해졌다.

악귀는 존재한다.

그리고 그 존재는 연약하고 순수한 사북의 미래를 노리고 있다.

피해의 흔적

북적이는 병원. 다친 사람들로 가득하다. 몸과 마음 모두. 적을 격퇴했다. 하지만 그 누구도 승전가를 부르지 못했다.

"카메라 안 치워?"

광부들이 권수의 카메라를 빼앗아 바닥에 던졌다. 카메라는 렌즈가 분리되어 나동그라졌다.

"죄송합니다."

권수는 고개를 푹 숙였다.

"이 친구들 우리 도우러 왔습니다."

어디선가 나타난 최 씨 아저씨가 카메라를 권수에게 돌려주며 말했다.

"지금 이 난리 통에 한가롭게 사진 찍을 때야?"

여기를 알려야 될 것 아닙니까!

아저씨의 호통에 광부들은 찍소리도 내지 못했다. 결국 광부들은 욕지거리를 내뱉으며 흩어졌다.

"카메라는 괜찮아?"

"필름은 괜찮은데 더 이상 촬영은 힘들 것 같아. 렌즈가 박살이 났어."

"다른 카메라는 없어?"

"응."

"빌려줘?"

"이 정도면 충분히 찍은 것 같아."

빠르다. 놀랍지는 않다. 권수는 항상 그랬으니까.

"서울로 올라가려고?"

"아마 그래야겠지. 만약 필요해지면 그때 부탁 좀 할게."

"알았다. 조심히 가라."

"고마워."

권수는 부서진 카메라를 들고 사라졌다. 바닥에는 부서진 카메라의 파편들이 아직 남아 있었다.

과연 권수는 필름 속에 담긴 진실을 퍼뜨릴 수 있을까. 그의 계획이 성공할 수 있을까.

여기저기서 들리는 비명에 골이 울렸다. 어떤 도움도 될 수 없는 나는 이곳에서 방해꾼에 불과하다. 병원 밖으로 나왔다. 후배가 곧 나올 것이다. 병원 정문에서 기다리기로 했다. 과연 잘하고 있을는지 궁금했다. 병원에는 아직도 피를 흘리는 광부들이 간간이 실려 들어갔다. 녹슨 철문, 울퉁불퉁한 콘크리트 바닥에 끈적하게 엉킨 핏자국들이 말라 눌어붙어 있었다.

쉽사리 지워지지 않을 자국이다.

이 땅에서.

"선배."
후배가 병원 입구에서 나왔다.
"다 찍었니?"
"…네."
"잘했다."
후배는 잠시 머뭇거리다 말했다.
"사진을 찍는 게 잘못일까요?"
아마도 권수가 들은 말을 후배도 들었겠지. 북적이는 병원에서 한가로이 부상자들의 사진을 찍고 있는 것이 광부들의 처지에서는 곱게 보이지 않을 것이다. 당연하다.
"그럴 수도 있겠지."
"네?"
"너는 뭔데?"
"그게 무슨 말씀이시죠?"

"네가 뭐냐고."

"기자입니다."

"이 사람들을 돕고 싶니?"

"네."

"우리는 의사도 아니고 광부도 아니야."

"그렇죠."

"지금 당장 저들에게 도움을 줄 수 없어. 그렇다면 우리가 무엇을 해야 하겠니."

"모르겠습니다."

"저들은 각자 자신의 위치에서 최선을 다하고 있어. 우리의 위치는 기자야. 우리가 최선을 다하는 것은 기자로서 정확한 진실을 사람들에게 알리는 거야. 그게 저 사람들을 위한 일이야."

"…맞는 말이네요."

"그러니까 약해지지도 말고 흐려지지도 말고 똑바로 해."

"알겠습니다."

병원 안에서 비명과 앓는 소리가 들려왔다. 후배는 병원을 바라보았다.

"저기는 저들에게 맡기고 가자고."

후배에게 선배로서 말은 멋들어지게 했지만 임시방편이다. 정의감에 불타는 젊음은 무력하게 늙어 가겠지. 내가 괜한 희망을 불어넣은 것인지 모르겠다. 그러나 나는 후배가 무너지는 것을 보기 싫었다. 적어도 지금은. 그의 순수한 마음을 지켜 주고 싶었다. 내 영혼도 지키지 못하는데 무슨 오지랖인가. 스스로에게 물었다.

너는 노력했냐고. 한번 싸워 보려 했냐고.

아니다.

그런 네가 무슨 자격으로 고상한 말을 내뱉는 것이냐.

나는 더 이상 항변하지 못했다.

"선배."
"응?"
"괜찮으세요?"
"왜?"
"불러도 대답이 없으셔서요."
"아니다. 일단 집으로 돌아가자."
"네."
나와 후배는 소란스러운 곳을 벗어났다. 한적한 산길을 따라 걸으니, 소음은 멀어지고 마치 세상과 단절된 동화 속 세상에 들어온 기분이었다. 말없이 한참을 걸었다.

"선배."
"응."
"제가 많이 어리나요?"
"왜?"

"갑자기 그런 생각이 들어서요."

"너 어린 나이야."

"그렇군요."

후배는 다시 말없이 걸었다.

"종석아."

"네."

"…아니다."

무언가 말해 주고 싶었지만 그러지 못했다. 그는 어리다. 사실이다. 그러나 그게 그의 잘못은 아니다. 누구나 어릴 때가 있다. 그러나 그 어린 마음에 상처가 생기고 아물고를 반복하면 흉터가 여러 군데 남게 되고 더는 상처가 생기는 것에 마음을 두지 않는다. 그렇게 어렸던 아이는 어른이 된다. 곳곳에서 상처를 쑤셔 대는 이 상황이 후배에게는 버거울 것이다.

"선배, 안 들어가세요?"

"응?"

나는 생각에 빠진 채 집을 지나쳐 걷고 있었다.

"들어가야지."

"네."

나는 후배와 함께 방 안으로 들어갔다.

"잠깐 눈 좀 붙이자."

"네."

둘 다 누워 눈을 감았지만, 우리 모두 잠들지 못했다. 나는 아직도 후배가 덜덜 떨고 있던 모습이 잊히지 않았다.

"종석아."
"네, 선배."
나는 잠시 뜸을 들이고 물었다.
"서울로 올라갈래?"
"왜요?"
"여기서 네가 할 일은 다 한 것 같아."
"아직 여기 상황이 끝나지 않았잖아요. 제대로 다 담지도 못했고."
"여기 상황이 생각보다 너무 커. 너한테는 버거울 거야."
"선배."
"응."
"이걸 이겨 내야 제가 성장할 것 같아요. 많이 느꼈어요."

고작 반나절 만에 성숙해진 걸까.

"두려웠어요."
"당연한 거야."
"그런데 저 사람들은 어떨지 생각해 봤어요."
"그래."
"저는 목격자일 뿐이고 저 사람들은 당사자입니다. 제가 이기적이었던 것 같아요. 저에게는 두렵고 무서워할 자격도 없는데."
"그게 맞는 말이지."
"이곳 사람들을 돕고 싶어요."
"그럼 네가 말해 봐. 앞으로 무엇을 어떻게 하고 싶은지."

"이 상황을 낱낱이 알려야죠. 모든 걸 기록한 다음에."

이제는 이 어린 기자에게 진실을 알려 줘야겠지.

"종석아."
"네."
"아마 우리가 그대로 기록해도 그게 기사로 안 나갈 수도 있고 진실과 다르게 나갈 수도 있어."
영겁의 시간 같은 찰나의 정적이 흐르고 후배가 입을 열었다.
"알고 있어요."
"…알고 있다고?"
"저도 지금 세상에 대해서 어느 정도는 알고 있어요. 아직 멀었지만."
"그래. 지금이 어떤 세상이니?"
"부당한 세상이죠."

단 한 문장만으로 정확하고 깔끔하게 표현했다.

"기사가 나가면 좋겠지만 꼭 신문만이 답은 아니겠죠."
내가 짐작하던 것보다 후배의 생각은 깊었다.
"대중매체가 아니더라도 진실을 전할 방법은 많다고 생각해요."
"그럴 수도 있겠지."

그러나 힘든 싸움이다. 이 세상의 부조리를 알리려면 목숨을 걸어야 한다. 후배가 지금 내게 말하고 있는 게 무슨 뜻일까. 목숨을 걸고 진실을 세상에 알리겠다는 것. 간단하지만 어려운 것. 정의감에 불타 죽음을 맹세하고 치열하게 싸우던 이들. 그들은 모두 저 음지의 지하실에서 모진 고문을 당했다. 그리고 날개가 부러진 채로, 부리가 돌아간 채로 나왔다. 그렇게 나온 이들은 다시는 자신을 되찾지 못했다. 말려야 하는 건지 응원해야 하는 건지 헷갈렸다.

"저는 세상에 진실을 전하고 싶어요."
"네 자리를 잃게 될 수도 있어."
"알고 있습니다."
"아마 다시는 취직을 못 할 거야."
"네."
"어쩌면 끌려갈 수도 있어."
"각오하고 있습니다."

각오하고 있단다. 당해 보지 않은 자만이 내뱉을 수 있는 패기가 아닐까. 물고문이, 전기 고문이 얼마나 영혼을 처참하게 파괴할 수 있는지 저 어린 기자는 알지 못한다. 어리석다.

"너의 가족들과 지인들이 다칠 수도 있어."
이 말에 후배는 대답하지 못했다. 거기까지는 생각하지 못한 모양이다. 이게 어린 사람들의 문제점이다. 불타는 패기를 지니고 일차원적으로 생각한다. 깊게 사고하지 못한다. 막 지르고 본다. 내가 지금껏 살아오면서 느낀 것은 결코 후회할 일을 만들면 안 된다는 것이다.
"그래도 싸워 볼 거니?"

내가 너무 가혹하게 진실을 전할 걸까. 언젠가는 부딪히고 직면할 사실. 그걸 조금 일찍 들은 것이다. 아니다. 어쩌면 지금이 정확한 때일 수도.

"조언 감사합니다."
"너의 인생이라 나는 개입하지 못해. 선택은 네가 하는 거야. 그 결과도 네가 다 뒤집어써야 하고."
책임감을 지니라고 말하고 싶었다.
"그런데 선배는 왜 저를 북돋아 주셨어요?"
"그렇게 하지 않으면 네가 무너질 것 같았거든."
"지금 제가 들은 말이 선배의 주관이라면 제게 헛된 희망을 불어넣으신 거군요."
"불필요한 희망을 불어넣기도 했지만 네게 필요한 자세를 알려 주기도 했어."
"그렇군요."
"적당히 타협하고 어느 정도는 흘려듣는 법도 알아야 해."
"잘 알겠습니다."
후배는 돌아누웠다.
"그래도 한번 싸워 보겠습니다."
등을 돌린 채로 내게 말했다.
"잘 생각해 본 거야?"

"아무도 싸우지 않는다면 앞으로 더한 일을 당하겠죠. 저는 저들과 싸우겠습니다. 제 위치에서."

그 맹세를 듣고 한없이 초라해지는 나 자신을 발견했다.

무너진 신뢰

사북이 아수라장이 되었다. 사북을 폭력시위라고 규정하는 뉴스가 텔레비전에서 나왔다. 광부들의 기대와 다르게 첫 보도는 무자비했다.

공포의 탄광촌

사북 광부폭동

치안 마비

경찰서 방화

경찰 사상자 다수

북괴의 개입 의심

비열하고 참담한 보도였다. 광부들은 분노에 치를 떨었다. 뉴스에서는 선량한 경찰들에게 폭력을 행사한 광부들의 불법 시위라고 떠들어 댔다.

그 어디를 눈 씻고 찾아봐도 광부들의 피해와 소장의 부패에 관한 소식은 없었다. 사북은 고함과 욕설로 시끄러웠다. 분노는 취재하러 온 기자들에게로 고스란히 돌아왔다.

씨발 새끼들

후레자식

경찰 끄나풀

더러운 프락치

군사정권의 개

모두가 떠나라고 고래고래 울부짖었다.

"당장 나가!"

기자들은 항변했지만 분노한 사북의 사람들에게는 들리지 않았다. 사북의 아들이라 환영받던 나 역시 배신자가 되어 있었다. 결국 기자들은 어쩔 수 없이 사북에서 철수했다. 나와 후배는 최 씨 아저씨 덕분에 간신히 사북에 남아 있을 수 있었다.

얘들은 죄가 없소. 이 친구들이 낸 보도가 아니지 않소. 설마 고향을 배신하겠소?

믿어 봅시다.

그러나 사람들의 다정하고 따듯했던 눈빛은 불신으로 가득 찬 차가운 눈빛으로 바뀌어 있었다. 어디를 가도 환영받지 못했다. 용기를 내어 말을 걸어 보아도 대꾸하지 않았다. 다른 데로 가라고 하며 내쫓으면 양반이었다. 물벼락을 맞거나 등 뒤에서 소금을 뿌리는 곳도 있었다. 후배는 내 예상과는 다르게 마음을 다치지 않고 잘 버텨 주었다. 하지만 계속되는 냉대에 나는 사북을 떠나야 하나 생각이 들었다.

그러나 아직은 떠날 수 없다. 후배를 서울로 보내고 나 혼자 남는 한이 있더라도 나는 남아야 했다. 아직 아이들이 위험하다. 아이들을 외면하고 서울로 돌아갈 수는 없다.

"선배."
"응."
"저 잘하고 있는 건가요?"
"왜?"
"여기 사람들에게 도움이 되고 싶었는데 제 뜻대로 잘 안되는 것 같아서요."
후배는 한번 싸워 보겠다고 다짐했다. 그러나 도움이 필요한 이들에게

멸시의 시선을 받는다면 그 누구라도 쪼그라들기 마련이다.

"제가 잘하고 있는 건지 아니면 아무런 도움도 안 되는 건지 자꾸 의심이 드네요."

"너 잘하고 있어."

"정말요?"

"그래."

"왜 그렇게 생각하시죠?"

"내가 네 나이였을 때 나는 아무것도 하지 못했어. 아니, 정확히 말하면 안 한 거지. 변명할 수 없어."

후배는 말이 없었다.

"적어도 너는 뭐라도 하려고 몸부림이라도 치잖아. 너는 분명 네 나이 때에 비해서 훨씬 성숙한 거야."

후배는 여전히 말이 없었다.

"네가 말했잖아. 싸워 보겠다고."

"…그렇죠."

"이런 일이 자주 있을 거야. 그럴 때마다 무너질 수는 없어. 경험이라 생각해. 첫술에 배부르려 하지 말고."

"…알겠습니다."

"무언가를 하려면 자기 자신부터 확고해야 해."

"…네."

후배는 풀이 죽어 대답했다.

"저녁에 술이나 한잔하자. 여기 오고 나서 계속 달렸잖아. 가끔은 자기 자신도 돌볼 줄 알아야 해."

"좋습니다."

아마 어린 기자에게 내 역할은 이런 것이겠지. 후배는 나의 귀찮은 짐이다. 편집장의 명령에 끌어안게 된 짐. 그러나 어른이라면 책임감을 가져야 한다. 원치 않게 떠안게 되었어도 그 짐은 나의 책임이다. 나는 젊은 기자에 대하여 책임을 짊어지고 있는 것이다. 그러나 머릿속에 반문이 떠올랐다.

책임 운운하네.

왜 그러지?

왜냐고? 너는 단 한 번도 책임을 진 적이 없잖아. 총칼에 죽어 간 이들에 대해서 책임을 진 적이 있냐고. 무참히 짓밟힌 민주주의에 대해서 책임을 진 적이 있냐고. 대답해 보아라.

나는 대답하지 못했다.

그런데 인제 와서 갑자기 고상해지셨나? 이곳에 오는 것도 너는 거부했었지.

아니다. 그건 이곳에서의 불행한 기억이 나를 옥죄서 그런 것이다.

과연 그런가? 네 밥벌이가 중요해서, 그 알량한 기자 자리를 지키기 위해서 온 것이 아닌가? 그래 놓고 이제 와 어른의 책임? 아이들을 구해야 한다고? 여기 오지 않았더라면 너는 그 아이들의 존재조차 몰랐다. 너는 계속 몰랐다. 이 나라가 망가질 때까지. 모른 척 외면하고 도망가는 비겁자. 그게 바로 너 아닌가.

머릿속 목소리가 나를 집요하게 괴롭힌다. 아무런 변명도 할 수 없었다.

그래. 네가 맞다.

나는 비겁한 겁쟁이가 맞으니까. 그러나 적어도 이번에는 도망가지 않겠다. 성인의 책무를 지고 한번 싸워 보겠다. 그럼 적어도 후회는 하지 않겠지.

교차로

외지인을 반기는 술집은 없었다. 가볍게 한잔만 하겠다고 해도 연신 손사래를 치며 내쫓았다. 결국 간신히 찾고 찾아 허름한 술집에 앉았다. 쉰내 나는 묵은김치에 소주 한 잔. 조촐한 술상이다. 이 판국에 얼근하고 거나하게 취할 수는 없는 노릇이니까. 나는 침울해 보이는 후배에게 병을 기울였다.

"받아."

"감사합니다."

후배는 잔을 받고 쭉 들이켰다. 그리고 한숨을 쉬었다.

"왜 그래?"

"그러게요. 자꾸 한숨이 나오네요."

"그렇긴 하지."

이번엔 후배가 내 잔을 채웠다.

"너무 빨리 마시는 거 아니야?"

"그런가요?"

하지만 후배는 연거푸 술잔을 들이켰다.

"조심해야 해."

"뭐를요?"

"네가 말했잖니. 싸워 보겠다고."

후배는 고개를 끄덕였다.

"여기 온 지 얼마 되지도 않았지만 느낀 게 있어요."

"그게 뭔데?"

"여기서 반드시 싸워 이기겠다고요."

결심은 좋다. 말로는 누구나 할 수 있지만.

"사북에서 막힌다면 여기보다 더 큰 곳에서는 어떻게 싸우겠어요."

맞는 말이다.

"그래서 꼭 여기서 무언가 해내고 싶습니다."

"취지는 좋아."

"그런데요?"

"무너지지 않는 게 제일 중요하지."

"무너지다니요?"

무너지는 것만큼 위험한 건 없다. 체념, 좌절, 무력감. 그것들이 끊임없이 돌아가며 영혼을 괴롭힌다.

"생각해 봐. 여기 일을 해결하지 못할 수도 있어. 그런다고 무력하게 포기할 수는 없어. 계속 싸워 나가는 게 중요한 거야."

"맞는 말씀이시네요."

"대학 나왔지?"

"네."

"서울에 있는 대학이야?"

"네."

"그럼 너도 알겠지."

이제 막 머리 좀 찬 대학생들이 민주주의를 부르짖으며 들고일어난 적이 있었다. 평등의 가치를 세우고 자유를 쟁취하려는 그들이었다. 그러나 그들의 진군은 전화 한 통에 해산되고 말았다.

독재자의 전화 한 통.

탱크로 학교를 싹 밀어 버리겠다.

학생들을 해산시켜라.

무자비한 경고에 시위대는 뿔뿔이 흩어졌다. 협박에는 다양한 종류가 있다. 대개 협박은 허풍과 과장이 가득하다. 그러나 저 협박은 결이 다르다. 저런 종류의 협박은 실행력이 바탕이 되어 있다. 그들은 이미 저 남쪽 지방에서 실행했었다. 태극기를 들고 있는 시민들에게 찾아간 것은 자유의 여신이 아니라 길고 긴 전차 행렬과 공수부대원들이었다. 염증이 나는 현실이다. 평화로운 시위가 일어나면 그 연쇄반응은 항상 똑같다. 결국 군인들이 시위를 찾아간다. 그리고 피해자가 발생한다. 누군가는 죽거나, 누군가는 불구가 되거나, 누군가는 어눌하게 간신히 말을 내뱉는 바보가 된다. 늘 그래 왔다.

폭도들을 진압했다.

간첩들을 색출했다.

질서를 되찾았다.

모든 게 종료되면 나라에서 국민들에게 알린다. 항상 이랬다. 굳건하고 듬직한 국군이 빨갱이 폭도들을 진압하고 대한민국을 지켜 냈다는 것. 이렇게 위대한 군사정권의 치적이 또 하나 추가된다. 이에 사람들의 반응은 두 가지였다. 무관심하거나 믿지 않거나. 무관심한 이들은 위태로운 사회에서 불똥이 자기에게 튀기지 않기만을 원했고 믿지 않는 이들은 그 나름대로 반항해 보고자 했다. 학생들의 행군 역시 같은 결이었다.

"너도 참가했었니?"
후배는 고개를 떨구었다.
"…네."
후배는 아예 술병을 들고 자기 쪽으로 가져갔다.
"하지만 교문 밖으로 나가자마자 겁쟁이처럼 도망쳤습니다. 어쩔 수가 없었어요. 다 죽인다고 했어요. 두려웠습니다."

"도망친다고 해서 겁쟁이는 아니지."

마음 순수한 청년에게 할 말은 아니지만, 정확히 따지자면 겁쟁이가 맞다. 지금도 그는 겁쟁이다. 두렵다면 그래서 도망친다면 계속 도망만 다닐 것이다. 싸운다면 각오가 필요하다. 그 의지가 절대 꺾이지 않을 각오 말이다. 내가 보기에 그는 그저 떼쓰는 어린아이에 불과하다. 울음을 터뜨리기만 하면 어르고 달래 주는 부모가 있을 것이라 믿는 아기 말이다.

애송이.

그의 미래를 생각한다면 말려야 한다. 그러나 말리지 않는다면 그래서 아무도 싸우지 않는다면 더 위험한 미래가 올 것이다. 딜레마다. 나무를 보고 살지, 숲을 보고 살지.

"도주와 후퇴는 달라."
"그 차이가 뭔데요?"
"도주는 꽁지 빠지게 뒤도 안 돌아보고 도망치는 거고 후퇴는 잠시 뒤로 밀려날 뿐 정비하고 다시 공격할 의지가 있다는 거야."
"그런가요?"
"너희들은 도주가 아니라 후퇴를 한 거야."
"듣기는 좋네요."
후배는 미소를 지었다.
"쉬운 길을 택하는 게 나쁜 건 아니지만 어려운 길을 택한 자는 박수갈

채라도 받게 되지. 연봉은 많이 못 받더라도."
"네?"
"그게 너와 나의 차이가 되겠지."
후배는 손사래를 쳤다.
"아닙니다."
"아니라 하겠지만 그렇게 될 거야. 나는 내가 적어도 보는 눈은 있다고 생각했었어. 그래서 내가 특별한 줄 알고 살아왔어. 그걸 너무 일찍 겪었지."
잠시 정적이 흐른 뒤 후배가 물었다.
"선배는 왜 기자가 되셨어요?"
"나?"
"네."

왜 기자가 되었을까.

그저 앞에 놓인 길 중 가장 먼저 기회가 닿은 게 기자였을 뿐이다. 그나마도 인맥으로 들어간 자리였다.
"그냥 정신 차려 보니 기자가 되어 있더라."
내 앞에 있던 많은 길들. 딱히 고민 없이 가까운 길로 걸었다. 먹고사는 게 우선이었으니까. 그렇게 간 길이 기자였다. 그때 나는 아마 시답지 않은 기사나 쓰고 있었겠지.

내 기사에는 대의 같은 건 존재하지 않았으니까….

"발 닿는 대로 가 보니 여기였어."
"선배는 하고 싶은 일 같은 건 없었어요?"

하고 싶은 일이라….

사북에서 태어나 지금 이 나이까지 살아오면서 단 한 번도 하고 싶은 일은 없었다.
"…없었어."
나는 병을 가져와 술잔 가득 따랐다.
"너는?"
"저는 지금 자리가 맞는 것 같아요. 여기 오고 나서 더 크게 느꼈습니다. 제대로 된 현장을요."
"제대로 된 현장이란 건 없어."
"그럼요?"
"그 환경과 상황에 적응할 수 있는지, 버틸 수 있는지 그게 전부야."
"선배가 보기에는 어떻습니까?"
"욕심이 많아. 벌써부터 평가를 받고 싶어 하잖아."
"제가 욕심이 많다고요?"
"무언가 하는 중이거나 해낸 후에 물어보는 게 평가야. 아직 네가 여기 와서 한 게 없잖아."
나는 내심 염려했다.

후배를 너무 냉정하게 대한 것인가? 그러나 그에게는 반드시 필요한 말이다.

“맞는 말씀이세요.”
의외로 겸허한 수용이 돌아왔다.
“술잔이나 받아라.”
“감사합니다.”
후배는 술잔을 들이키고 인상을 썼다.
“저는 아직 어려서 그런지 몰라도 이 세상이 참 어려운 것 같습니다. 제가 있어야 할 위치가 무언지도 잘 모르겠고요.”
“그건 나도 그래.”
“어렵네요.”

그렇지. 어렵지. 나조차도 방황하고 있는데 말이다.

“다만 우리에게는 세 가지 선택지가 있지.”
“그게 뭐죠?”
“시대의 기류에 올라타거나 아니면 그 기류에 맞서거나 아니면 발을 빼서 멀찍이서 쳐다보던가.”
“선배가 봤을 때 저는 어떤가요?”
“너는 잘못된 흐름을 바로잡고자 하잖니. 능력이 되건 아니건. 그러니 아무래도 기류에 맞서는 자라고 볼 수 있겠지. 다만 이게 좋은 건 아니야.”
“어째서죠?”
“제 능력을 넘어서서 맞서려 한다면 결국 부러지고 파괴될 뿐이야. 그 피해는 네 주변으로까지 번질 수도 있고."

후배는 말없이 고개를 숙였다.

"선배는 어떤 부류죠?"

"네가 보기에는 어떻니?"

"잘 모르겠습니다."

후배는 망설였다. 내심 후배의 평가가 궁금했다.

"솔직하게 말해도 돼."

"정말 모르겠습니다. 그래서 이렇게 말씀드리는 겁니다."

"왜 그렇게 생각했니?"

"선배는 열정이 있어 보이지는 않으세요. 진실을 알리려는 열정 말입니다."

"그렇지."

"그런데 한편으로는 정의감이 있어 보이세요."

"어떤 면에서?"

"탄광에 관한 취재는 그리 신경을 안 쓰시면서 아이들에 관한 일이라면 발 벗고 나서시잖아요."

"아이들은 죄가 없지."

"그래서 저는 감히 선배를 함부로 정의 내리지 못하겠습니다."

나는 어떤 부류일까?

그간 나는 나를 위해 살아왔다. 되도록 분쟁을 피했고, 싸움에 엮이지 않으려고 노력하며 살아왔다. 위험에서 발을 뺀 채 구경하는 자. 그게 바로 나다. 그런데 네 말대로 나는 왜 아이들을 돕고 있는 것일까? 내 안에 자그마한 정의감이 움직인 것인가? 아니다. 그저 나는 빚을 갚기 위한 것이다. 그 아이가 베푼 호의를 갚기 위한 것이다. 갚지 않는다면 훗날 무거운 짐이 되어 내게 돌아올 것이다. 이 같은 비열한 이유로 나는 아이들을 돕고 있다. 그러나 의문이 들었다.

정말 그것 때문이냐?

마음속에서 작은 목소리가 들렸다.

아이들은 죄가 없다.

젠장. 나는 그렇게 정의로운 사람이 아닌데….

"선배."
"응?"
"무슨 생각을 그렇게 오래 하세요?"
"아니야. 술이나 한 병 더 가지고 와라."
후배가 자리에서 일어나는 그 순간 기분 나쁜 소음이 누렇게 얼룩진 창문을 넘어 우리의 귓가를 때렸다. 탄광 쪽에서 무언가 펑펑 터지는 소리가 들렸다. 술잔에 담긴 술이 소리가 울릴 때마다 진동하고 있었다.

이 야심한 밤에 무슨 일인가? 경찰들이 쳐들어온 것인가? 이 한밤중에?

야습

야심한 밤인데도 탄광 앞은 밝았다. 조명탄이 하늘을 환하게 밝히고 있었다. 경찰들은 다시 돌아와 광부들에게 최루탄을 쏘아 댔다. 야습이었다. 광부들은 세차게 돌팔매질했다. 다리 건너편에서는 경찰들이 확성기를 들고 투항하라고 외쳤다.

지금 투항하면 처벌하지 않겠다.

모든 무기를 내려놓아라.

마지막 경고다.

당장 투항하라.

그러나 누가 믿겠는가. 저들이 시작한 일이고 저들이 잘못한 일이다. 저들의 악행이다. 광부들은 마치 테르모필레의 용맹한 전사 같았다. 이건 전투다. 사북을 지키기 위한. 후배는 알아서 카메라를 꺼내 연신 셔터를 눌렀다. 그 광경을 고스란히 담으려 노력했다. 그러나 지독한 최루 연기에 우리는 눈물을 비 오듯 흘렸다. 최 씨 아저씨가 시야에 들어왔다. 그는 분주히 움직이며 광부들을 지휘했다. 그의 지휘 아래 광부들은 일사불란하게 움직이며 공성전을 펼쳤다. 그러다 우리를 발견했다.

"자네들 여기서 뭐 해?"

"사진을 찍고 있습니다!"

"정신없으니까 다른 데로 가 있어!"

그리고 그는 다시 다리로 뛰어갔다. 쓰러진 광부들은 업힌 채 병원으로 후송되었다.

"선배!"

후배의 목소리가 현장의 소음에 파묻혀 제대로 들리지 않았다. 거의 소리를 지르듯이 말해야 간신히 뭐라 말하는지 알아들을 수 있었다.

"어떻게 할까요?"

"일단 병원으로 가자!"

광부들은 우악스럽게 커다란 돌을 경찰들에게 던졌다. 돌과 최루탄이 다리를 사이에 두고 날아다녔다. 병원 역시 다시 아수라장이었다. 병실이 가득 차 복도에서 치료받는 이들이 많았다. 그 혼란을 후배는 카메라에 담았다. 나는 아이들이 걱정되었다.

과연 아이들은 이 소란 속에서 괜찮을까.

"여기서 기다리고 있어!"

나는 아이들이 있는 병실로 향했다. 안으로 들어가니 아이들이 깨어나 몸을 뒤틀며 고통스러워하고 있었다.

"정신 차려!"

적어도 내가 알던 순수한 아이들은 아니었다. 도움을 청하려 했으나 무의미했다. 지금 이 아이들을 돌볼 여력이 있는 사람은 없었다.

"아무도 없습니까!"

그러나 바깥의 시끄러운 소리에 내 목소리가 묻힌 것 같았다.

"저기요!"

익숙한 목소리에 뒤를 돌아보니 양호 선생이 병실 앞에 서 있었다.

"도와주세요!"

"안 돼요! 같이 가 주셔야겠어요!"

"네?"

"급해요!"

"무슨 일이시죠?"

"잠시만요!"

양호 선생은 몸부림치는 아이들의 머리카락을 전부 한 올씩 뜯어 조심스럽게 손수건에 담았다.

"부적 있죠?"

그녀의 다급한 목소리에 나는 허겁지겁 지갑 속에서 부적을 꺼내 보였다.

"여기는 제가 맡을 테니 학교에 먼저 가 있으세요! 금방 따라갈게요!"

나는 재빨리 병실을 나왔다. 심상치 않다.

오늘 밤 확실히 무언가 일이 일어난다.

"선배!"

아수라장 속에서 후배가 내게 달려왔다.

"어디 가요?"

"너 여기 좀 있어라."

"대체 어디 가는데요?"

나는 쉽게 대답하지 못했다.

"어디 가시냐고요."

"학교에."

"거기는 왜 가는데요?"

"할 일이 있어."

"설마 또 그 허무맹랑한 이야기입니까?"

나는 차마 대답하지 못했다.

"선배, 정신 차려요."

"나는 가야만 해…."

"대체 이렇게까지 하는 이유가 뭔데요?"

후배의 말이 일리가 있기에 나는 대답하지 못했다.

"…아이들이 위험해."

"학교에는 아무것도 없어요."

"…아니야."

광부들의 고통스러운 비명이 이어 들렸다.

"여기 일보다 중요한 게 뭔데요?"

"…너는 여기 있어."

나는 성난 후배를 남겨 놓고 밖으로 나왔다.

대체 이렇게까지 하는 이유가 뭔데요?

대답할 수 없다. 너는 이해하지 못한다. 그러나 나는 보았다.

아이들이 위험하다.

광부들의 비명을 뒤로하고 나는 학교로 향했다. 펑펑 터지는 소음이 뒤에서 희미하게 계속해서 들려왔다. 밤에 찾아간 학교는 더더욱 을씨년스러웠다. 어두컴컴한 그곳에서 나는 알아차렸다. 운동장에 다양한 선이 마구잡이로 그어져 있었다. 선이 하얗게 빛났다. 자세히 보니 굵은소금이 잔뜩 흩뿌려져 달빛을 받아 빛나고 있었다.

"왔습니까?"

무당이었다. 그녀는 알록달록한 한복을 입고 있었다.

"이게 다 뭐죠?"

"설명할 시간이 없어요. 이곳에 서 있어요."

그녀는 내게 동그랗게 그어 놓은 선 안에 들어가 있으라고 지시했다. 선 안에는 조그만 나무 인형이 꽂혀 있었다.

天下大將軍

천하대장군

마을 입구에서 보았던 장승에 적힌 이름이다.

"이곳에 서 있으라고요!"

정신을 차린 나는 그녀의 말을 순순히 따랐다. 곧이어 양호 선생이 도착했다. 그녀는 손수건을 흔들면서 달려왔다.

"가져왔어요!"

무당은 그 손수건을 받아 운동장의 한가운데에 가 섰다. 그리고 그녀는 내게 말했다.

"거기서 단 한 발짝도 움직이지 말아요."

나는 그녀가 시키는 대로 원 안에 서 있었다. 무당은 아이들의 머리카락이 들어 있는 손수건에 불을 붙여 재를 하늘로 날려 보냈다. 그리고 품에서 칼을 꺼내 허공을 질러 대기 시작했다. 흰자만 보일 정도로 눈이 까뒤집어진 채 방언이 터진 것처럼 괴상한 중얼거림이 무당의 입에서 흘러나오기 시작했다. 단언컨대 내가 교육과정을 통해 배우며 습득한 언어는 아니었다.

저게 말로만 듣던 굿이라는 건가?

나는 부디 저 행위가 도움이 되어서 아이들에게 더는 불행이 닥치지 않기를 간절히 빌었다. 비록 어떤 존재도 믿지 않는 나였지만, 듣고 있을 수도 있는 누군가에게 빌었다. 별안간 하늘에서 강한 바람이 불었다. 거센 바람 때문에 그어 놓은 선들이 흐트러지기 시작했다. 무당이 비명을 질렀다.

주술의 대가

바람이 세차게 불었다. 무당의 소름 돋는 중얼거림, 탄광에서 들려오는 희미한 고성들, 그리고 바람 소리. 이 모든 것들이 어우러져 괴이한 장면을 연출했다. 내 몸 안의 모든 것들이 깨어나 느끼고 있었다. 무당은 방울을 흔들었다.

딸랑.

그 소리에 바람은 더욱더 강하게 불었다. 다시 방울을 흔들었다.

딸랑.

세찬 바람에 나무들이 몸을 이리저리 비틀어 댔다. 무당은 내게 부적을 건네며 말했다.

"불붙여요."

"네?"

"불붙이라고요."

나는 꺼림칙한 기분으로 부적에 불을 붙였다.

"여기에 놔요."

무당은 막대기를 가리키며 내게 명령했다. 나는 그녀가 시키는 대로 행했다.

"조심히!"

나는 최대한 조심스럽게 뜨거움을 참으며 불붙은 부적을 내려놓았다. 부적이 타면서 불길이 막대기로 옮겨붙었다. 바람을 타고 막대기는 점점 활활 타올랐다. 그 순간 기분 나쁜 유황 냄새가 코끝을 강하게 찔렀다. 그 냄새에 정신이 혼미했다. 머리가 지끈거리며 저 깊은 속에서 토악질이 올라올 것만 같았다. 무당은 칼을 들고 허공에 내질렀다. 그녀는 알아들을 수 없는 말을 외치며 춤을 췄다. 유황 냄새가 점점 더 강해졌다. 나는 그 냄새를 참지 못하고 그만 구토를 내뱉으며 엎어지고 말았다. 그 바람에 막대기가 쓰러졌다.

"안 돼!"

무당이 그 자리에 주저앉았다.

"네?"

부적에서 타오르던 불이 일순간 꺼졌다. 바람이 멈추고 순식간에 온 세상이 고요해졌다. 나는 등신처럼 그 자리에 가만히 서 있었다.

"도망쳐요!"

양호 선생이 나를 보고 외쳤다.

"…무슨?"

어느새 무당이 내게 다가와 있었다. 그리고 내 목을 조르기 시작했다. 온 힘을 다해 막았지만, 힘이 장사였다. 여성의 힘이 아니었다. 몸을 이리저리 비틀며 빠져나가려고 애를 썼다. 그러나 그럴수록 무당은 내 목을 더 강하게 졸랐다. 점점 숨이 턱 끝까지 막혀 갈 때 물벼락을 맞았다. 양호 선생이 나와 무당에게 물을 뿌렸다. 그녀는 물통에 든 물을 바가지로 퍼내어 계속해서 우리에게 뿌렸다. 차가운 물이 흠뻑 적셨다. 그러자 내 목을 조르는 손의 힘이 약해졌다. 나는 재빨리 일어나 무당 위에 올라타 제압했다.

"정신 차려요!"

그러나 무당은 눈을 까뒤집고 몸을 부르르 떨었다.

"꽉 잡고 있어요!"

양호 선생이 물을 계속해서 뿌렸다. 물을 뿌리자 무당의 목이 비틀어져 머리가 꺾였다. 그리고 축 늘어졌다.

"업어요."

나는 그녀가 시키는 대로 무당을 업었다.

"병원으로 갑시다."

"아니에요. 돌아가야 해요."

나는 그녀의 말을 따라 무당의 거처로 향했다. 학교를 뒤로하고 나설 때 누군가가 나를 쳐다보는 듯한 기분 나쁜 느낌이 들었다. 뒤를 돌아보니 창문으로 무언가 어떤 검은 형체가 보이는 듯했다.

지켜보고 있었던 건가….

무시했다. 양호 선생을 따라갔다. 무당의 거처는 엉망이었다.

"여기 눕혀요."

나는 시키는 대로 조심히 눕혔다.

"병원에 가야 하지 않을까요?"

"아니에요."

양호 선생은 무당의 몸을 뒤지더니 부적을 꺼냈다.

"성냥 있어요?"

"네."

내가 성냥을 건네자 그녀는 부적을 태웠다.

"이게 다 뭐죠?"

양호 선생은 한숨을 쉬었다.

"역살을 맞았어요."

"…네?"

"우리가 당했어요."

"그게 뭔데요?"

그녀는 무당에게 이불을 덮어 주었다. 그리고 촛농이 잔뜩 흘러내린 촛대에 조심히 불을 붙였다.

"오늘 우리는 살을 날렸어요."

"그게 뭔데요?"

"이를테면 공격 같은 거죠."

"공격이요?"

"네. 저 존재를 향한…."

"그런데요?"

"저쪽에서 우리 빈틈을 잡고 역으로 공격했어요."

"이런 걸 다 어떻게 알고 있죠?"

고작해야 시골 학교 양호 선생이 어떻게 이리도 무속에 빠삭한지 이해가 되지 않았다.

"이분께 배웠어요. 아이들을 지키기 위해서 배워야 했죠."

"…그렇군요."

역습…. 그렇다면 우리가 졌다는 뜻이 되는 걸까.

"…우리가 패배한 겁니까?"

"…네."

"혹시… 저 때문에 그렇게 된 건가요?"

그녀는 잠시 나를 응시했다.

"그게 중요한 게 아닙니다."

"제 잘못이군요…."

그녀는 머뭇거렸다.

"당신 잘못이 아니에요."

그러나 그것은 위로였다.

"제 영향이 있긴 했다는 거군요."

"지금은 그런 걸 따질 때가 아니에요."

그러나 나 때문에 모든 걸 망쳐 버렸다는 사실은 변하지 않는다.

한심한 녀석. 네가 하는 일이 다 그렇지.

씁쓸했다.

"물 좀 줄래요?"
"그 물은 뭐죠?"
"사북의 기가 담긴 물이에요."

그렇다면 아이들에게 효과가 있지 않을까?

"그게 효과가 있는 건가요? 아이들에게 그 물을 주면 괜찮아지는 건가요?"
그녀는 고개를 저었다.
"아니에요. 이건 그냥 임시방편일 뿐이에요. 근원을 없애야 해요."
무당이 몸을 뒤척였다.
"이봐요, 괜찮아요?"
그러나 무당은 내가 알아들을 수 없는 말을 중얼거리고는 이내 다시 깊은 잠에 빠졌다.
"이분은 괜찮은 건가요?"
"이곳에서라면 안전해요. 곧 괜찮아지실 거예요. 기가 센 곳이라서요."
"다행이네요."
"그렇다면 아이들을 이곳에 데려오면 되지 않습니까?"
양호 선생은 나를 쳐다보더니 내 손을 잡았다. 작지만 부드럽고 따뜻했다.
"정말 아이들만 생각하시는군요."

나는 차마 대답하지 못했다.

“부적은 지니고 계시죠?”

“네.”

“그거 절대 잃어버리면 안 돼요. 동료분께도 꼭 말씀드리세요.”

“알겠습니다.”

“이제 돌아가세요.”

“그렇지만 저렇게 두고 갈 수는 없어요.”

“여기서 더 해 주실 수 있는 게 없어요.”

“…알겠습니다.”

“다시 기별할게요.”

얻은 것 하나 없이 나왔다. 아니, 오히려 잃은 게 많았다. 정확히 무엇인지는 잘 모른다. 그러나 확실한 것은 우리가 졌다.

전사자

더 이상 다리에서 소음은 들리지 않았다. 경찰들은 다시 철수했다. 최루 연기가 옅어지고 그 피해가 드러났다. 바닥에 쓰러져 피를 흘리는 광부, 그는 다시 일어나지 못했다. 모두가 그를 둘러싸고 멍하니 바라보았다. 누군가 태극기를 가지고 와 덮어 주었다. 그간 다친 이들은 많았지만 죽은 이는 없었다. 첫 전사자였다. 오랜 정적의 시간이 지나고 사람들은 그를 옮겼다. 다들 말이 없었다. 비통한 밤이었다. 그의 가족들은 이 사실을 알고 있을까. 그가 먹여 살려야 할 가족들이 이 사실을 알고 있을까. 그의 가족들은 이제 어떻게 살아갈까. 사람들은 다들 다리 앞에서 쉽사리 발을 떼지 못했다. 그들의 마음에는 허탈함이 가득했다. 이윽고 분노가 찾아왔다. 적막을 깨고 누군가 나지막이 말했다.

똑같이 갚아 줘야 해.

위험한 말이다. 폭력의 대물림이 시작된 것이다. 광부들은 방어를 넘어서 복수를 다짐했다. 나는 무서웠다. 첫 전사자의 발생이 두려웠다. 시작이 어렵다. 사망자가 나왔다는 것은 앞으로 더 많은 이들이 그의 전철을 밟게 될 수 있다는 뜻이었다.

병원 안은 혼돈이었다. 의사, 간호사들이 분주히 뛰어다녔다. 병실 안에서 울음소리가 들려왔다. 최루탄을 머리에 맞아 실려 왔던 광부가 죽었다. 또 다른 사망자가 나왔다. 부당한 일을 당해 들고 일어났을 뿐인데 돌아온 것은 합리적인 임금이 아니라 죽음이었다. 나는 그 병실에서 후배를 발견했다. 그는 초점 없는 눈으로 죽은 이를 바라보고 있었다. 그리고 나와 눈이 마주쳤다. 그는 밖으로 나왔다. 그리고 내 팔을 잡고 인적이 없는 곳으로 데려갔다.

"어디 갔다 왔어요?"

후배는 냉정한 목소리로 내게 물었다. 나는 차마 쉽사리 대답하지 못했다. 후배는 내게 떨리는 목소리로 다시 물었다.

"어디 다녀왔냐고요."

"…학교."

"거기서 무엇을 하고 오셨습니까?"

나는 말하지 못했다.

"선배."

"…응."

"그러고도 선배가 기자입니까?"

후배는 간신히 억누르며 물었다.

"나는 내가 해야 하는 일이 있어."

"대체 그게 뭡니까!"

귀가 아팠다.

"사람이 죽었어요. 그런데 대체 어디 있다가…."

사북을 위해, 아이들을 위해 행했다. 그러나 그에게 그 자세한 과정을 차마 말할 수 없었다. 내가 생각해도 쉽사리 이해가 가지 않는 말일 테니까.

"너는 이해하지 못해."

"아니요. 선배가 이해하지 못해요."

"아니야."

"그럼 말해 줘요. 무엇을 하고 왔는지."

"학교에서 일이 있었어."

"무슨 일이요? 그 귀신인지 뭔지 말 같지도 않은 일 말입니까?"

"…나중에 다시 이야기하자."

"대체 그게 뭔데요. 뭐 굿이라도 하셨습니까?"

후배는 빈정거렸다. 그렇다. 그러나 그렇다고 말할 수 없었다. 후배의 말을 듣는 순간 나 자신이 너무도 창피해졌기 때문이다. 변명할 수 없었다.

"일단 돌아가서 좀 쉬자."

"아니요. 저는 이 사람들 곁에 있을 겁니다. 선배나 그렇게 하세요."

"…알았다."

후배와의 대화는 씁쓸함만을 남겼다. 내가 잘못한 것일까. 내려오기 전만 해도 사북의 미래에는 관심 따위 없었다. 그러나 나는 파고들었다. 그리고 사북을 위해 애썼다고 생각했다. 악한 존재를 막기 위해 싸웠다. 그러나 우리는 졌다. 영적인 존재에게도, 실재하는 존재에게도 졌다. 나는 아무것도 하지 못했다. 그 어디에서도 도움이 되지 못했다. 무력감에 빠진 채 나는 터덜터덜 걸어 집으로 돌아왔다. 문 앞에 아버지가 나와 있었다. 아버지는 말없이 하늘을 쳐다보고 있었다.

"다친 데는 없니?"

"네."

"…다행이구나."

나는 말없이 방 안으로 들어왔다.

무엇을 하셨습니까?

내가 무엇을 하긴 했을까….

내가 한 것은 그저 시키는 대로 등신처럼 가만히 서 있던 것뿐이다. 그마저도 잘 해내지 못했다. 그러는 사이 사람이 죽었다.

그러나 그 죽음에 나의 책임이 있는 것은 아니지 않은가.

이렇게 항변하고 싶었다. 하지만 이내 대답이 돌아왔다.

기자의 책임을 설파하던 네가 정작 기자로서 기능을 못 하지 않았는가. 무고한 이들이 억울하게 죽어 갈 때 모든 걸 기록해야 하는 것이 너의 책무가 아니었느냐.

차마 아니라고 말하지 못했다. 만약 오늘, 이 어두운 밤, 굿이 성공했다면 상황이 달라졌을까. 내가 마음 편히 숨 쉬고 있을 수 있을까. 그러나 그것도 아니다. 어찌 되었든 광부는 죽었고 나는 거기에 없었다. 변치 않는 사실이다.

후배에게 짐을 넘기고 도망간 비겁한 선배.

그게 나다. 마음이 무거웠다. 가슴이 닻을 달아 놓은 듯 푹 꺼지는 심정이었다. 나는 눈을 감았다. 하지만 피를 흘리고 있던 광부의 모습이 아른거렸다. 어지러웠다.

눈을 뜨니 아침이었다. 방 안에는 나 혼자였다. 후배는 돌아오지 않은 모양이다. 바깥에는 안개가 자욱했다. 무언가 이상했다. 새소리도 바람 소리도 탄광에서의 소음도 들리지 않았다. 나는 탄광을 향해 무엇에 홀린 듯 걸었다. 그러나 그 누구도 마주치지 못했다. 아무도 없었다. 점점 심장이 빠르게 뛰기 시작했다. 나는 고래고래 소리를 질렀다. 제발 아무나 좋으니 내 앞에 나타나 주었으면 했다. 이곳에서 살아 있는 존재는 나뿐이었다. 한낱 미물조차 존재를 드러내지 않았다. 탄광 앞에도 학교에도 다리에도 아무도 없었다. 땀이 비 오듯 쏟아졌다. 결국 나는 지쳐 쓰러졌다. 지키는 이 하나 없는 텅 빈 다리에서 대자로 누워 있을 수밖에 없었다. 그때 멀찍이서 소리가 들렸다. 광산에서 소음이 들려왔다. 나는 벌떡 일어났다.

멀리서 광부들이 보였다. 발파 소리가 들렸다. 광부들이 탄을 옮기고 있었다. 반가운 마음에 다가가려 할 때 나는 그만 얼어붙고 말았다. 광부들은 피를 흘리고 있었다. 머리에 큰 상처가 보이는 광부, 다리가 심하게 찢어져 너덜거리는 광부, 팔이 잘린 채 외팔로 탄을 옮기는 광부, 등에 곡괭이가 박힌 광부. 그들은 자신이 다쳤다는 걸 모르는 채로 열심히 탄을 옮기고 있었다. 그러나 괜찮은 이들도 있었다. 탄광 앞에서 열심히 장부를 작성하는 여자들이 있었다. 나는 다가갔다. 그들은 광부들과는 달리 멀쩡했다. 그러나 이내 깨달았다. 이들도 멀쩡한 이가 아니라는 것을. 그들에게 가까이 다가가자 기분 나쁜 가스 냄새가 코를 찔렀다. 그들의 얼굴은 새파랗게 질려 있었다. 그러나 그것을 아는지 모르는지, 그들은 장부를 작성하는 데 정신이 팔려 있었다. 탄광에서 광부들이 탄차를 끌고 나왔다. 모두 새까맣게 그을려 있었다. 생살이 타들어 가는 끔찍한 냄새가 났다. 탄을 옮긴 그들은 다시 탄광으로 들어갔다. 말을 걸어 보았지만 그 누구도 대답하지 않았다. 나는 갱구 앞에서 광부들을 막아섰다. 그러나 그들은 나를 지나쳐 다시 탄광으로 들어갈 뿐이었다. 나는 그들을 쫓아갔다. 발파 소리와 탄을 캐는 소리로 시끄러웠다.

이봐요.

여기서 나갑시다.

정신 차리세요.

대체 어디를 가시는 겁니까.

어떤 대답도 돌아오지 않았다. 그때 '쿵' 하는 소리가 들리더니 갱도가 무너져 내렸다. 광부들은 다들 멍하니 닫힌 갱도를 바라보고 있었다. 갱벽이 점점 좁아지더니 나를 포위하기 시작했다. 나는 미친 듯이 무너져 내린 흙을 파냈다. 손톱이 부러지고 손에서 피가 나도 나는 계속해서 흙을 파냈다. 계속 파내다 보니 바깥의 빛이 조금씩 보이기 시작했다. 간신히 숨을 내쉴 때 온몸에 소름이 돋았다. 뒤를 돌아보니 갱도 안의 모든 광부가 나를 쳐다보고 있었다. 그리고 점점 내게 다가왔다.

우리는 나갈 수 없어.

광부들이 나를 끌어당겼다. 나는 빠져나오려고 애를 썼지만, 그저 끌려갈 뿐이었다. 점점 빛이 사라지고 있었다.

탄을 캐야 해.

그들은 마치 기계처럼 말하며 나를 끌어당겼다. 더 많은 광부들이 내게 다가와 나를 끌어당겼다. 나는 비명을 지르며 깊은 어둠으로 빨려 들어갔다.

가혹한 현실

꿈이었다. 내가 겪은 것은 현실이 아니었다. 나는 자리에서 일어나 앉았다. 온몸이 무거웠다. 몸살이라도 걸린 것 같이 기침을 연신 내뱉었다. 피가래가 섞여서 나왔다. 기침을 할 때마다 온몸의 땀구멍이 바늘에 찔리는 기분이었다. 몸이 성치 않았다. 누군가에게 심하게 얻어맞은 듯한 느낌이었다. 아니나 다를까 피멍이 가득했다. 자다가 구르기라도 한 건가. 어제의 일이 시발점이 된 것일까. 자리에서 일어나려 했지만 이내 끙 하고 다시 주저앉고 말았다. 소리쳐 도움을 청하고 싶었지만 목소리를 내지르는 것도 힘들었다. 어지러웠다. 세상이 빙빙 돌았다. 나의 좁은 방바닥으로 한없이 끌려 내려가는 기분이었다.

"살려 주세요."

그러나 그 누구도 듣지 못했다.

"아무나 도와주세요…."

온 힘을 쥐어짜 외쳤지만, 입 밖으로 나온 건 희미한 속삭임뿐이었다. 힘없이 고통받는 순간 천장에서 육중한 목소리가 들렸다.

"살기를 바라는가?"

"…네."

"왜 살기를 바라는가?"

나는 대답하지 못했다. 그저 도와 달라고 구차하게 구걸할 뿐이었다.

"도와주십시오."

"그렇다면 조건이 있다."

"그게 무엇입니까?"

"맞서 싸워야 한다."

"무슨 말입니까?"

"포기하지 말아야 한다."

"포기하지 않겠습니다."

구원의 희망이 보이자 나는 냉큼 약속하고 말았다.

"일어나 나오거라."

그의 말이 끝나자마자 나를 짓누르던 무거움이 사라졌다. 나는 밖으로 나갔다. 바깥의 햇살에 내 몸이 노출되자 온몸의 피멍이 씻겨 사라졌다.

"고맙습니다."

"너는 나와 약속했다. 반드시 너의 책무를 행하거라."

그의 말이 끝나고 나는 잠에서 깨었다. 너무도 생생했다. 식은땀에 온몸이 젖어 있었다. 새벽이었다. 꿈과 현실이 구분되지 않았다. 지금 내가 발 딛고 있는 이 세상도 꿈이 아닐까 의심되었다. 그러나 창가에서 불어오는 선선한 바람에 나는 현실임을 자각했다. 나는 꿈속에서 한 번 더 꿈을 꾼 것이다. 몽중몽은 말로만 들었지 직접 겪은 것은 처음이었다. 바깥으로 나가니 오랜만에 맑은 날씨였다. 안개도 없었다. 저 멀리 산등성이에서 노오란 빛을 뿜으며 동이 트고 있었다. 날씨는 작금의 사북을 아는지 모르는지 속없이 밝았다.

책무를 행하거라.

아니다. 나는 꿈을 꾼 것이다. 그 이상, 그 이하의 의미도 없다. 그러나 알 수 없는 의무감이 내게 부여되었고 떨치기 힘들었다.

네가 명령하지 않아도 나는 반드시 구할 것이다.

나 스스로 다짐할 때, 후배가 멀리서 걸어오는 것이 보였다.

"지금 돌아오니?"

"네."

후배는 말없이 나를 지나쳐 방 안으로 들어갔다. 그리고 짐을 챙겨서 나왔다. 나를 외면하며 말했다.

"먼저 가 보겠습니다."

"어디를 간다는 거야?"

"서울이요."

"회사로 돌아가려고?"

"네."

"돌아가서 뭘 하려고?"

"하루라도 빨리 진실을 알려야 합니다."

나조차 못 하는 일을 말단 막내 기자가 할 수 있을까.

"만약 기사가 나오지 못한다면?"
"다른 방법을 찾아야겠죠."
후배는 내 눈을 피했다.
"가겠습니다."
후배는 짐을 들고 나갔다. 그를 막을 수는 없었다.
"종석아."
"네."
그가 돌아보았다.
"하나만 말할게."
"네."
"언론은 이익집단이야."
"네?"
"진실 같은 건 그들의 안중에 없어. 그저 무슨 기사가 나가는 게 더 이익이 될지가 저들에게는 제일 중요해."
"…알겠습니다."
"그걸 명심해라."
후배는 잠시 무언가 말하려는 듯 머뭇거렸다. 그러나 이내 돌아서 걸어갔다. 그는 그렇게 사북을 떠났다. 나는 홀로 남겨졌다. 나에게는 아직 남아 있는 일이 있었다. 서울로 돌아갈 수 없었다. 나는 겉옷을 챙겨 입고 탄광으로 나섰다. 멀리서 보니 사무소 앞에 사람들이 잔뜩 모여 있었다. 가까이 가니 분노에 찬 사람들이 묶여 있는 소장에게 침을 뱉으며 구타하고 있었다. 소장의 얼굴에는 피가 흥건했다. 그러나 사람들을 말릴 수 없었다.

개새끼

그는 사북민들에게 그 한마디로 정의되었다. 나는 그곳을 빠져나왔다. 씁쓸했다. 다리 앞에는 많은 광부들이 앉아 있었고, 그들의 뒤에는 이전보다 더 많은 돌이 태산처럼 쌓여 있었다. 어제 일 이후로 많은 것이 변했다. 순박하고 정 많던 사람들에게 이제 유일하게 남은 것은 분노와 증오뿐이었다.

내가 과연 할 수 있는 일이 있기는 할까.

무력한 생각이 들었다. 나는 집으로 돌아갔다. 그리고 멍하니 마루에 앉았다. 까마귀가 마당으로 들어와 앉았다. 그리고 땅에서 지렁이를 집어 어디론가 휙 날아갔다.

저 새도 저렇게 제 새끼를 위해 바삐 사는데 나는 대체 무엇을 하고 있는 걸까. 어쩌다 나는 잉여 인간이 되어 버리고 만 것일까. 내가 해낼 수 있을까? 내게 능력이 있을까? 그러나 그렇다고 그런 나약한 생각에 잠겨 낙심할 것인가? 적이 강하다고 주저앉을 것인가?

너는 매번 그러지 않았느냐.

아니다. 부딪쳐 보겠다. 다시 한번 싸워 보겠다. 아직 끝나지 않았다. 기회는 분명히 올 것이다. 아이들을 구해야 한다. 알 수 없는 거대한 적으로부터.

"너에게 전해 주라더라."
어느새 아버지가 나와 있었다. 나는 아버지에게서 쪽지를 받았다.

'일어나면 학교로 오세요.'

양호 선생이 기별한 것이다. 내게 할 일이 생긴 것 같다. 과연 그 무당은 괜찮을까. 내 잘못으로 그녀가 다쳤는데 나를 원망하지는 않으려나.

"후배는 간 거니?"
"…네."
"너는 언제 가니?"
"…모르겠습니다."
"알았다."
아버지는 방 안으로 들어갔다.

너는 언제 가니?

갈 수 없다. 아직은. 내게 남은 일이 있다. 이 일을 완수해야 갈 수 있다. 아니, 완수하지 않으면 가지 않을 것이다. 이건 나와의 약속이다. 반드시 해내고 말 것이다. 나는 자리를 박차고 일어났다. 그리고 목적지를 향해 출발했다.

곡절

학교는 아침 안개에 둘러싸여 스산한 분위기였다. 안개 사이로 검은 부슬비가 내렸다. 양호 선생이 교문 앞에서 나를 기다리고 있었다.

"오셨군요."

"늦어서 미안합니다. 오래 기다리셨나요?"

"저는 괜찮아요."

"알겠습니다. 그런데 왜 오라고 하신 거죠? 다른 일이 생겼나요?"

"네."

"그게 뭐죠?"

"일단 따라와요."

나는 그녀를 따라 걸었다.

"우산 있으세요?"

그러자 그녀가 내게 작은 우산을 보였다.

"우산 없어요?"
"괜찮습니다."
"같이 써요."
나는 외투를 동여매며 말했다.
"괜찮습니다."
"그러다 감기 걸려요."
"정말 괜찮습니다. 제 걱정은 하지 마시죠."
그녀는 더는 비 맞는 나를 신경 쓰지 않고 학교 뒷산으로 인도했다. 그런데 문득 이 관계의 이상함을 감지했다. 나는 이 여자를 여러 번 보았지만 정작 이 인물에 대해서는 아무것도 모르고 있었다.
"그런데 혹시 성함이 어떻게 되십니까?"
"저는 이원이라고 해요."
"외자군요."
"네. 맞아요."
"저도 외자예요."
"그래요? 신기하네요."
"원래 여기 분인가요?"
"아니요. 저는 서울에서 태어났어요."

좌천이라도 된 걸까? 서울에서 이 오지로 내려오기 쉽지 않은데 말이다.

"그럼 어쩌다 여기로 오게 되신 건가요?"
"여기로 발령을 받았죠."

"처음에는 힘드셨겠습니다."

"처음에는 아무래도 그랬죠."

"지금은 나아지셨나요?"

"저는 이곳이 좋아요."

뜻밖의 대답이었다.

이 칙칙하고 스산한 곳이 어떻게 좋을 수 있다는 것인가. 남자인 나도 이곳이 싫어 떠났는데 말이다.

"이곳의 어디가 마음에 든 건가요?"

"너무 아름답지 않은가요?"

나는 내가 잘못 들었나 싶었다. 사북은 아무리 좋게 보아도 아름다움과는 거리가 먼 곳이다. 오히려 삶에 찌든 묵은 때와 그 한탄이 가득한 동네이다.

"사북이 아름답다고요?"

"네. 너무나 아름다워요. 사람들도 그렇고요."

이곳 사람들은 거칠지만, 정이 많다. 지금도 그런지는 모르겠지만.

"이 회색 동네가 아름다워요?"

"네."

"그렇군요."

뭐, 누군가에게는 그렇게 보일 수도 있겠지. 사람들의 의견은 다양하니까. 그녀를 따라 계속 산을 올랐다. 숨이 턱 끝까지 차올랐다.

"언제쯤 도착하나요?"

"다 왔어요."

나는 가파른 길을 오르며 숨을 헐떡거렸다.

"담배 끊으세요."

"네?"

"담배 끊어야 해요."

양호 선생은 나를 한심하게 바라보며 말했다.

"노력해 보죠."

"이제 멈춰요."

나는 그녀가 시키는 대로 그 자리에 멈추었다. 어느새 비가 그쳤다. 그녀는 이리저리 풀을 헤치며 무언가를 찾기 시작했다.

"뭐 하시는 거죠?"

"기다려요."

이윽고 그녀가 손으로 이끼를 걷어 냈다. 자세히 보니 새카만 진흙으로 경사가 진 곳에 형체를 알아볼 수 없는 비석이 하나 있었다.

"놀라지 말아요."

그녀는 주머니에서 작은 칼을 꺼냈다. 그리고 손을 그었다. 빨간 피가 비석의 위로 뚝뚝 떨어졌다.

"지금 뭐 하는 겁니까!"

"이리로 오세요."

그녀는 칼을 들고 내게 점점 다가왔다. 나는 뒷걸음질을 치다 넘어지고 말았다. 옷이 흙투성이가 되었다.

"괜찮아요."
"지금 뭐가 괜찮다는 겁니까?"
"잠깐이면 돼요."
"손에 피가 흐르잖아요. 칼부터 내려놓읍시다."
그녀는 고개를 저었다.
"외지인의 피가 필요해요."
"…뭐라고요?"
"아이들을 위해서 무엇이든 할 수 있겠어요?"
그녀는 엄숙한 목소리로 내게 말했다.
"그럼요. 그렇지만 이건 아닙니다."
"한 방울이면 돼요."

칼을 들고 있는 자의 말을 믿을 수 있는 것인가? 그녀의 손에서는 피가 흘러내리고 있었다. 분명 나는 무언가 보았다. 그것이 사람이 아니라는 것도 안다. 그래서 이들의 말을 믿고 따라왔다. 그러나 점점 요상한 무속의 소용돌이로 빠져들어 가는 기분이다. 손에 칼을 그어 피를 내는 것이야 어렵지 않다. 그러나 무슨 이유에선지 부탁을 들어주기 꺼려졌다.

"미안합니다."
나는 냉큼 돌아섰다.
"멈춰요!"
그녀가 쫓아오기 시작했다. 나는 종종걸음으로 걷다가 점차 달리기 시작했다. 정신없이 달렸다.

이건 아니야.

"멈춰."

산에서 굴러 쓰러지다 보니 아직 정신을 잃은 줄 알았던 무당이 어느새 나타나서 내 앞을 가로막고 있었다.

"이봐요."

"…죽었어."

쿵쾅거리는 심박에 나는 정신을 잃을 것만 같았다.

"…뭐라고요?"

"무고한 아이들이 적의 아가리로 들어갔어."

"또 다친 아이가 생겼다고요?"

"지금쯤 아무짝에도 쓸모없는 곳으로 실려 가고 있겠지."

"그걸 어떻게 아시죠?"

"감히 나를 의심하는 건가? 그게 너의 졸렬한 장기인가?"

분했다.

"그렇소. 말해 보시오. 당신이 대체 뭔데 알고 말고요?"

"나는 모든 걸 알고 있다."

온 산을 진동하는 듯한 목소리였다.

무당의 말을 듣는 사이 뒤에서 양호 선생이 따라왔다.

"실패했군."

"뭐가 실패했다는 거죠?"

"오늘 자네 때문에 아이들이 끌려간 거야."

"그게 왜 제 잘못이 됩니까?"

억울했다. 고작 칼로 손을 긋지 않았다고, 그런 야만적인 행동을 하지 않았다고 내가 죄인이 되는 건 너무하다.

"자네는 심기를 건드렸어."

"…네?"

"몰살시켜야만 해…."

"그게 무슨…."

무당이 갑자기 손을 들어서 내 뺨을 후려갈겼다. 얼얼했다. 나는 당황해 아무것도 하지 못했다. 내가 뺨을 문지르는 순간, 무당은 허리를 직각으로 꺾었다. 그리고 그 상태로 엎어졌다.

"이봐요!"

넘어진 무당은 몸을 동그랗게 만 채로 떨었다.

"일단 병원으로 옮깁시다."

"하지만…."

양호 선생은 하얗게 질린 얼굴을 하고 있었다.

"어서 옮기자고요!"

"…네."

나는 무당을 둘러업고 병원으로 달려갔다. 병원 안으로 들어서기도 전에 나는 알아차렸다.

또 일이 터졌구나.

괴성이 가득했다.

대답 없는 아이

실려 온 여학생들이 발작을 일으키고 있었다. 밧줄로 꽁꽁 묶어 놓았지만 눈을 까뒤집은 채 단체로 실성한 모습이었다. 충격적인 장면이었다.

"이게 무슨 일이죠?"

"비키세요."

간호사가 나를 거칠게 밀치고 지나갔다. 무당을 등에 업은 채로 나는 멍하니 서 있었다. 그리고 나는 그 자리에서 보고 말았다.

"…지웅아!"

지웅이가 간이침대에 묶인 채 지나갔다. 나는 무당을 바닥에 내려놓고 지웅이를 쫓아갔다.

"지웅아!"

그러나 돌아온 대답은 울부짖음이었다. 나는 무력했다. 아무것도 해 줄 수 있는 게 없었다.

"당신 탓이에요."

"…조용히 해."

"뭐라고요?"

"조용히 하라고."

지겹다. 내 탓이라고 말하는 이 여자의 비난에 더는 참지 못할 것 같았다.

내 잘못이 아니다.

정신이 아득해지며 모든 게 무너질 것만 같았다. 이곳에 오자마자 호의를 베풀고 도움을 요청했던 아이가 자기 자신을 잃어버렸다. 누군가 뒤통수를 세게 후려친 것만 같은 기분이었다.

이것 보아라.

무엇을?

네 잘못이 아니라고? 너는 아무것도 하지 못했다.

맞는 말이다. 나는 아무것도 하지 못했다. 그러나 그것이 내 죄는 아니지 않은가.

구차한 녀석. 네 죄가 아니라고? 너는 분명 도움을 주려 했다.

그래. 그렇게 마음먹었었지.

그렇다면 네가 한 게 대체 무어냐? 네 존재 이유는 무어냔 말이다.

날카로운 질문에 대답할 수 없었다. 시답잖은 일들에 사로잡혀 아무것도 하지 못했다. 변명거리도 되지 않는다. 나는 실의에 빠진 채 병원 밖으로 나왔다. 구름 한 점 없는 맑은 파란 하늘이 나를 맞이했다.

"창이!"
최 씨 아저씨였다.
"네."
"내 딸 못 봤어?"
"네?"
"내 딸이 여기 있대."
"…따님이 있으셨군요."
"뭐라고?"
"아닙니다."
"지웅이야, 최지웅. 혹시 이름 못 봤어?"
"…지웅이라고요?"
"비켜!"
아저씨는 나를 밀치고 안으로 달려갔다.

지웅이라는 아이가 저 양반의 딸이었구나….

내게 호의를 베푼 부녀를 나는 돕지 못했다. 소리를 지르고 싶었다. 그게 아니면 적어도 펑펑 울고 싶었다. 그러나 나는 말하는 법을 잊은 벙어리였고, 모든 게 메말라 버려 눈물 한 방울 나오지 않았다. 병원을 나왔으나 정작 갈 곳은 집밖에 없었다.

죽음만을 기다리는 노인이 사는 집.

하지만 돌아가고 싶지 않았다. 나는 사북을 정처 없이 걸었다. 날이 어두워져서야 나는 집으로 돌아와 방 안에 누웠다. 세상이 빙빙 돌았다. 눈을 감았다. 그러나 그게 도움이 되지는 않았다. 그래서 분노가 치밀었다. 누구에게 향해야 하는 분노인지 몰랐지만.

이게 다 그 존재 때문인가? 내가 본 바로 그 존재 말이다. 그렇다면 그 존재에게 내 분노가 향하는 게 합당할 것이다.

오늘 나는 너를 만날 것이다.

나는 집에서 칼과 랜턴을 챙겼다. 그리고 방 안을 정리했다. 정돈이 끝나고 외투를 입을 때 호주머니에서 부적이 떨어졌다.

믿지 않을 것이다. 나 스스로 해결할 것이다.

나는 부적을 찢어 불에 태웠다. 그러나 불이 잘 붙지 않았다. 마치 부적이 사라지지 않으려고 몸부림치는 것 같았다. 그러나 나는 그 부적을 집요하게 태웠다. 바닥에는 재만이 남았다. 빗자루로 재를 쓸어 바깥바람에 날려 보냈다. 그리고 출발했다.

나는 준비가 되었다.

너도 준비가 되었는가?

결투

이곳에 온 이후 나는 아무것도 하지 못했다. 아니다. 하지 않았다는 게 더 정확한 표현일까. 그러나 나는 지금 무언가를 하기 위해 가고 있다. 그 존재를 만날 것이다. 오늘 밤 나는 너와 대면한다.

밤공기는 쌀쌀했다. 입김이 나왔다. 나는 다리를 지나쳐 학교로 향했다. 다리에는 보초를 서고 있는 광부 몇이 서로 등을 기댄 채 앉아 꾸벅꾸벅 졸고 있었다. 울퉁불퉁한 좁은 흙길을 따라 걸어 학교에 도착했다. 교문은 쇠사슬로 묶여 잠겨 있었다. 나는 조심스레 담을 넘었다. 바람이 세차게 불었다. 강풍에 학교 전체가 흔들리는 것처럼 보였다. 심장이 쿵쾅대기 시작했다. 이제 남은 관문은 학교 건물로 들어가는 것이다. 학교로 들어가는 철문은 열려 있었다. 안으로 조용히 침입했다. 학교 안은 칠흑 같은 어둠이 감싸고 있었다. 나는 가지고 온 랜턴을 켰다. 그러나 랜턴을 켰음에도 너무 어두웠다. 불빛은 내가 내딛는 바닥만 간신히 밝혀 주는 정도였다. 1층부터 찬찬히 살펴 나갔다. 하지만 아무것도 없었다. 꼭대기 층까지 모든 층을 다 뒤졌지만, 그 어떤 존재도 나타나지 않았다.

허탕인 건가.

김이 새고 말았다. 맥이 탁 풀렸다. 학교에는 아무것도 없었다. 그 순간 발소리가 들렸다. 둔탁한 발소리는 점점 내게로 다가오고 있었다. 호흡이 가빠지기 시작했다. 나는 허리춤에 찬 칼을 꺼냈다. 별안간 유황 냄새가 나기 시작했다.

어서 오거라. 드디어 네놈의 실체를 마주하리라.

"당신 누구야?"
"…네?"
"당신 누구요?"
"저는…."
"누군데 이 시간에 여기 있어요?"
머리가 하얗게 센 경비원이 내 앞에 서서 플래시로 나를 비추고 있었다. 나는 몰래 칼을 뒤로 숨겨 다시 허리춤에 넣었다.
"죄송합니다. 서울에서 온 기자입니다."
나는 기자증을 그에게 건네며 말했다.
"기자가 이 밤에 학교에는 왜 왔어요?"

"그… 말하자면 깁니다."

"들어 보죠."

이 사람에게 설명은 해야겠지.

"아이들이 정신을 잃어 가서요."

"그게 이 시간에 여기 있는 거랑 무슨 상관이오?"

"다친 아이들과 연관이 있는 게 학교에 있나 해서요."

경비는 의심스러운 눈초리를 거두지 못했다.

"죄송합니다. 가 보겠습니다."

"따라와요."

"…네?"

"차나 한잔하고 가요. 마침 적적했는데."

그의 안내를 따라 경비실로 향했다.

"이런…."

"왜 그러시죠?"

"차가 없네."

"저는 괜찮습니다."

그러자 경비는 먼지가 묻어 있는 소주병을 꺼냈다. 나는 그를 따라 의자에 앉아 술잔을 받았다.

"이거라도 마시겠소?"

"…좋지요."

"여기서 일하신 지는 얼마나 되셨습니까?"

"오래됐지요. 여기서 한참을 살았으니."

"뭐 하나 여쭤봐도 되겠습니까?"

"말해 봐요."

"실성한 아이들이 있다는 것은 아시죠?"

"그렇소."

그는 담담하게 말했다.

"전에도 이런 적이 있었나요?"

"글쎄올시다. 있던 것 같기도 하고…."

"확실한가요?"

"나도 기억이 가물가물해서…."

"그렇군요."

나는 술잔을 쭉 들이켰다. 진한 알코올 향이 올라오면서 몸이 뜨거워졌다. 한 잔만 마셨을 뿐인데 취기가 오르는 것 같았다.

"하나 더 여쭤봐도 되겠습니까?"

"물어보시오."

"…혹시 귀신을 믿으십니까?"

그러자 경비는 나를 빤히 쳐다보았다. 그는 아무 말도 하지 않았다.

"죄송합니다. 제가 이상한 걸 물어봤군요."

"그런 건 없소."

"…네?"

"귀신 같은 건 없소."

"왜 그렇게 생각하시죠?"

"사북에서 얼마나 많은 이들이 죽었는지 아시오?"

"잘 모릅니다."

"일제부터 6 · 25, 지금까지 수많은 사람이 억울하게 죽었소. 나는 다 보았소."

"네."

"만약 귀신이 존재한다면 그 한 많은 영혼이 복수하려 들지 않겠소? 귀신이 존재한다면 그 희생자들이 구천을 떠돌며 복수를 울부짖을 거요."

그는 담담하게 말했다.

"하지만 그런 일은 일어나지 않았소."

"…네."

"악한 이들은 살고 선한 이들은 죽는 세상이오. 귀신 같은 건 없소."

그는 술을 들이마셨다.

그의 말도 옳은 말이다. 하지만 내가 본 것은 무엇일까. 나는 분명 보았다. 이 학교에서.

"사실 제가 무언가를 본 적이 있습니다. 이 학교에서."

"무엇을 말이오?'

"확신하건대 사람은 아니었습니다."

"그것을 어찌 아시오?"

"제 오감이 느꼈습니다."

그는 말없이 가만히 있었다.

"저는 그것이 아이들을 이렇게 만든 건 아닐까 싶습니다."

"기자라는 양반이 상상력이 지나치구려."

귀신을 믿지 않는 자다. 아니, 어쩌면 본 적이 없는 자이기에 이렇게 말하는 것일 수도.

"그래서 이 야밤에 칼을 차고 학교로 온 거요?"

"보셨습니까?"

"어두운 밤에 돌아다니면 누구나 무언가 보았다고 착각하기 마련이오."

"그렇군요."

"아이들을 그렇게 만든 게 당신이 보았다는 그 존재인 것 같소?"

"저는 그런 것 같습니다."

그렇게 믿고 있다. 지금은. 그게 아니라면 도대체 무엇 때문이라는 말인가.

"그렇다면 들어 봅시다."

"무엇을요?"

"당신은 아이들이 정신을 잃은 게 귀신 때문이라고 생각하고 있소. 당신이 본 게 사실이라고 칩시다."

"네."

"그렇다면 그 귀신은 누가 만든 거요?"

"…네?"

"그 귀신은 무엇 때문에 생겼고 왜 아이들을 괴롭히는 거요?"

"원래 악한 존재니까요."

"틀렸소."

"뭐가 틀렸다는 말씀입니까?"

"당신 말대로 귀신이 있다고 칩시다. 그렇다면 그 존재에게는 분명 한이 있을 거요. 죽지 못해 돌아다니는 이유 말이오."

"그렇겠지요."

"한이 생긴 이유가 무엇일 것 같소?"

그의 말에 나는 대답하지 못했다.

"바로 악인들 때문이오."

"악인이요?"

"무고한 이들을 죽이고 묶고 고문하고 조롱하는 악인들 말이오."

그의 말이 틀린 것은 아니다.

"귀신이 존재한다면 그들 때문일 것이오."

"…네."

"그렇다면 귀신을 막는 게 중요하오? 아니면 귀신이 되어 떠돌 수밖에 없도록 하는 악인들을 막는 게 중요하오?"

그의 말에 나는 아무 대답도 하지 못했다.

"현실로 돌아가시오."

고뇌

병원에 다시 왔을 때 지웅은 정신을 차린 상태였다.

"아저씨, 도와주세요."

지웅이 울먹이며 말했다.

"…내가 어떻게?"

"아버지 좀 설득해 주세요."

"뭘 설득하라는 말이야?"

"사룡 무당님 말고는 아무도 저를 도와줄 수 없어요."

"그게 무슨 소리니?"

"오직 그분만이 악을 물리치실 수 있어요."

"일단 치료를 잘 받자. 나머지는 나중에 생각하고."

"아버지가 제 말을 안 들어 주세요. 제발 설득해 주세요."

"그러니까 너에게 굿을 하는 것을 허락하지 않는다는 거니?"

"네."

"지금 제일 중요한 건 의사 선생님을 믿고 치료 잘 받는 거야. 그리고 잘 쉬고."

"아니에요. 사룡 무당님이 아니면 그 누구도 저를 도와줄 수 없어요."

"그 무당이 너에게 그렇게 말했니?"

"시간이 없어요."

"무슨 시간?"

"놈이 다시 오고 있어요."

지웅은 겁이 잔뜩 질린 표정으로 말했다.

"도와주세요."

나는 아무 말도 하지 못했다.

"무당님이 아니면 저는, 저희는 죽고 말아요."

"내가…."

그때 지웅이 눈을 까뒤집으며 울부짖었다.

「이 땅을 폐허로 만들 것이다!」

"지웅아!"

「모두 내게로 오거라! 불지옥을 보여 주마.」

나와 대화하던 이는 사라지고 괴물이 나타났다. 너무 세게 몸을 비틀어서 지웅을 묶어 놓은 줄이 풀릴 것만 같았다. 간호사가 지웅에게 진정제를 놔 주자 잠시 저항하다 이내 무의식의 세계로 떠나갔다. 참담했다. 지웅에게 이런 일이 일어날 것이라고 전혀 생각하지 못했다. 지웅이도 결국 어리고 연약한 학생이다. 내가 안일했던 거겠지.

병실을 나올 때 최 씨 아저씨를 마주쳤다. 그는 한숨도 못 잤는지 아니면 울음을 참지 못해 그런 것인지 눈이 빨갛게 충혈되어 있었다.

"자네 왔나?"
"네."
"자네도 들었나?"
"…네. 유감입니다."
"의사가 그래. 방도가 없대."
그에게는 어떤 위로도 통하지 않을 것이다.
"저렇게 착한 애가 없는데…."
"…네."
"수를 써야겠어."
"수요?"
"오늘 아침에 신부님을 만나고 왔네."
"그렇군요."
"지웅이한테 사탄이 들렸대."
"네?"
"몸 안에 악마가 들어온 것 같대."
"악마요?"
"그래. 신부님이 도와주신대. 구마 의식인가 뭔가를 하기로 했어."
"그게 뭐죠?"
"지웅이한테 들린 악마를 몰아내는 거지."
"그러면 다시 돌아올 수 있는 겁니까?"

"당연하지. 하느님이 도와주실 거야."

하지만 지웅이는 무당만이 자기를 도울 수 있다고 했다.

"지웅이는 다르게 생각하더군요."

"자네도 그 헛소리를 들었지?"

"어떻게 생각하십니까?"

"내 딸을 도와주실 분은 하느님뿐이야. 무당 나부랭이 같은 걸 믿어서 이 사달이 난 거야. 내가 더 잘 보살펴야 했는데…."

"그래도 한번 말은 들어 보시죠."

"악마가 하는 말을 왜 들어? 저기 있는 건 내 딸이 아니야."

"…알겠습니다."

병원 밖으로 나왔을 때 양호 선생을 마주쳤다. 그녀는 손에 붕대를 감고 있었다.

"결국 못 막았어요."

나는 도대체 내가 무엇을 해야 하는지 모르겠다.

"방법이 없어요."

"아직 기회는 있어요."

"그게 뭔데요?"

"사룡 무당님이 희망이에요. 이 병원을 씻겨 내야 해요."

"하지만 그 사람은 지금 환자가 아닙니까?"

"곧 회복하실 거예요."

"그걸 어떻게 압니까?"

"그분이 모시는 분은 약한 존재가 아니니까요."

"지금으로서는 의사를 믿어야죠."

"아니요."

그녀는 고개를 저었다.

"오늘 보름달이 떠요. 오늘 밤, 기운이 충만해지면 다시 일어나실 겁니다."

"그러니까 오늘 밤에 일어난다는 거죠?"

"네."

밤은 얼마 남지 않았다. 몇 시간만 더 속아 볼까. 몇 시간 정도 더 바보 짓 한다고 밑질 것은 없겠지.

"알겠어요. 이따 자정에 보죠."

"네. 그런데 어디를 가시는 거죠?"

"잠시 어디 좀 다녀오겠습니다. 이따 봅시다."

나는 양호 선생을 뒤로하고 성당으로 향했다. 이번엔 다른 쪽의 이야기를 들어 봐야겠다. 넝쿨이 가득 자란 담을 지나자 하얗게 회칠한 성당이 나타났다. 입구에는 인자한 표정을 짓고 있는 성상이 나를 자애롭게 내려다보고 있었다. 건물 안에는 아무도 없었다.

내가 시간을 잘못 택한 걸까?

"어떻게 오셨죠?"

청소 중이었는지 빗자루와 쓰레받기를 들고 있는 신부가 나를 바라보고 있었다. 그가 진정 신부가 맞는지 헷갈렸다. 신부라기에는 너무도 앳된 얼굴이었다. 저렇게 새파랗게 젊은 사람이 신부를 할 수도 있다는 걸 모르고 있었다.

"그… 여쭤보고 싶은 게 있습니다."

"잠시만 기다리세요."

신부는 빗자루를 캐비닛에 넣고 내게 왔다.

"앉아요."

"네."

"뭐가 궁금한 거죠?"

나는 내가 어떻게 말해야 이상한 놈팡이로 보이지 않을지 고민했다. 그러나 정공법을 택하기로 했다. 정확한 대답을 듣고 싶었다.

"신부님."

"네."

"귀신을 믿으십니까?"

"네."

"…네?"

신부는 내 말에 전혀 당황하지 않았다. 확신에 가득 차 대답했다.

"어째서 그렇습니까?"

"모든 죽은 자는 하느님의 품 안으로 가게 되지요."

"그렇군요."

"신자가 아니시군요."

"그렇다면 악한 귀신도 존재하나요?"

"선한 존재가 있으면 악한 존재도 있죠."

"묻고 싶은 게 있습니다."
"말씀하세요."
"병원에 실려 온 아이들은 악귀에게 당한 건가요?"
"그렇죠."
"그 아이들이 무슨 죄가 있다고 이러는 겁니까?"
"아이들이니까요."
"네?"
"아이들은 더 쉬운 표적입니다."
"구마 의식을 하신다고 들었습니다."
"아이들을 구해야지요. 힘든 싸움이 될 겁니다. 그러나 종국에는 선이 이길 겁니다."

선이 이길 겁니다.

그러나 선이 이긴 적은 없다. 아니, 선이 있는지도 모르겠다.

"신부님."
"네."
"그렇다면 무속신앙은 어떻게 생각하십니까? 이를테면 무당 같은."
"그런 건 존재하지 않습니다. 오직 하느님만이 저희를 도와주실 수 있죠."
"신부님."
"네."
"하느님은 전지전능하신 분이 아닙니까?"

"그렇습니다."

"그런데 왜 우리를 도와주지 않습니까? 왜 아이들을, 광부들을, 이 나라의 백성들을 도와주지 않는 겁니까?"

"우리는 모두 죄인이니까요."

"네?"

잘못 들었나 싶었다.

"우리는 모두 죄인입니다."

"그렇다면 갓 태어난 아기가 무슨 죄가 있다고 총탄을 맞아야 합니까? 사람들이 무슨 죄가 있다고 혼돈의 도가니 속에서 죽어 가야 합니까?"

신부는 대답하지 못했다. 내가 포기하고 일어나려던 찰나에 그는 말했다.

"하느님은 때때로 우리가 이해할 수 없는 방식으로 깨달음을 주십니다. 우리는 그분을 이해할 수 없습니다."

맥이 탁 풀렸다. 결국 도움이 되는 말은 아니었다.

"갓난아기가 죄인이라고요? 그게 깨달음이고요?"

"모든 건 하느님의 계획이십니다."

"태초부터 지금까지 수많은 무고한 사람들이 목숨을 잃었습니다. 악인들도 있었지만 분명 선하고 무고한 이들도 너무나 많았습니다. 확신합니다. 그런데 이게 전부 하느님의 계획입니까?"

"그렇습니다."

"그럼 도대체 기도를 왜 합니까? 모든 것이 정해져 있는데."

"조심하십시오. 신성모독입니다."

"대답해 주십시오. 정말 궁금해서 그럽니다."

제발 내게 논리적인 대답을 줬으면 했다.

“기도를 통해 우리는 모두 그분께 기댈 수 있죠.”

“그렇다면 그분은 자신에게 절박하게 기대는 이들을 냉정하게 내치시는 분이시군요.”

“우리의 고통을 안아 주시는 분이 하느님이십니다.”

“신부님은 모든 것이 정해져 있다고 말씀하셨습니다.”

“하느님의 뜻은 우리가 감히 이해할 수 없습니다.”

“저 아이들이 미쳐 버린 것도요?”

“그것은 사탄의 짓입니다.”

“그렇다면 사탄도 하느님이 만드신 존재 아닙니까?”

“그렇습니다. 다 이 세상에 필요해서 만드신 것이죠.”

“사탄이요?”

그는 확신에 차서 고개를 끄덕였다. 열렬히 신을 찬양하는 그의 눈에서 맹목적인 광기를 읽을 수 있었다.

“알겠습니다.”

나는 자리를 박차고 일어났다.

논리적인 자는 아니었다. 막연히 기대는 이들을 무시하고 외면하고 벌을 내리는 자를 우리는 찬양해야 한단다. 도무지 이해할 수 없었다. 나는 믿지 않을 것이다. 그러나 내심 신이 있기를 바랐다. 그래서 내게 명쾌한 해답을, 아니… 적어도 변명이라도 해 주기를 바랐다. 그러나 그는 대답이 없다. 그는 모든 것을 정해 놓았다고 했다. 이렇게까지 잔인한 고통을 선사하는 이가 전지전능한 존재라면 나는 그 존재를 결코 선하다고 생각할 수 없다. 전지전능하다면 악을 왜 처치하지 않는가. 왜 악마를 내버려두는가.

연약하고 무고한 수많은 이들이 당신에게 기댈 때 당신은 무엇을 하였는가?

신부가 나를 붙잡았다.

"이것 가져가십시오."

그는 내게 묵주를 내밀었다. 내가 가만히 바라보고 있자 그는 내 손에 묵주를 쥐여 주었다.

"하느님을 믿어야 합니다."

"죄송하지만 저는 믿지 않습니다."

"그렇다면 지옥에 가게 될 것입니다. 믿는다면 영원한 천국으로 인도하실 것입니다. 믿으십시오."

"괜찮습니다."

"믿어서 손해 볼 것이 전혀 없습니다. 하느님을 믿어서 잃을 것은 아무것도 없습니다. 하느님이 존재하시는데 믿지 않는다면 지옥으로 떨어질 것입니다."

"지금 저랑 흥정하십니까?"

그러자 신부는 고개를 저으며 단호히 말했다.

"아닙니다. 저는 그저 제게 닿은 모든 인연이 천국으로 가기를 바랄 뿐입니다. 그 과정을 안내하는 것이 저의 역할이지요."

그 나름대로 선의를 가지고 내게 말한 건데, 내가 너무 가혹하게 생각한 것 같다.

"말씀은 고맙지만 제 일은 제가 알아서 하겠습니다."

나는 묵주를 다시 신부에게 주었으나 그는 받지 않았다.

"가지고 계십시오."

"저에게는 필요가 없는 물건입니다."

"하지만 미래는 모르는 것입니다. 가지고 가십시오. 그리고 마음이 바뀌신다면 다시 찾아오십시오."

"알겠습니다."

"믿음이 중요합니다."

믿음

그러나 믿는다고 과연 내 의문이 해소될 수 있을까.

붉은 보름

보름달이 환하게 빛나고 있었다. 달빛은 병원 안을 비춰 주었다. 약속과는 달리 양호 선생은 없었다. 과연 양호 선생의 말대로 무당이 정신을 차릴 것인가. 무당은 미동조차 없이 병상에 무력하게 누워 있었다. 아무리 봐도 지금 깨어날 기미는 없어 보였다.

"아직 기회가 있어요."

"네?"

무당이 어느새 일어나 앉아 있었다. 양호 선생의 말이 옳았다. 그러나 믿지는 않았다. 그저 운이 좋아 생각보다 일찍 회복한 것이겠지.

"괜찮습니까? 의사를 불러오겠습니다."

"아니요."

그녀가 내 손을 꽉 붙잡으며 말했다.

"빨리 아이들을 구해야 해요."

"안 됩니다. 쉬어요. 몸도 안 좋은데."

그러나 그녀는 비틀거리며 일어났다. 그녀는 링거 줄을 뜯어내며 말했다.

"이런 건 다 쓸모가 없어요."

"그래도…."

"내 거처로 가요."

그러나 그녀는 이내 비틀거리며 쓰러졌다.

"어서 가요!"

그녀의 호통에 나는 결국 그녀를 부축하며 학교로 향했다.

"이제 놔줘도 돼요."

"네."

나는 그녀의 팔을 놓았다. 아까보다는 비틀거리지 않고 한 걸음 한 걸음 힘주어 걸었다. 무당의 거처에 양호 선생이 기다리고 있었다. 무당이 안으로 들어가자 양호 선생은 무당과 나에게 굵은소금을 뿌렸다. 갑자기 날아온 소금에 눈이 따가웠다. 이전의 나였다면 기분이 더러웠을 것이다. 그러나 익숙해진 이제는 그러려니 했다.

"여기서 무엇을 하려고요?"

"오늘하고 내일 밤이 기회예요."

무당이 말했다.

"무슨 기회요?"

"물리칠 기회요."

그렇다면 모두가 완쾌되는 것인가?

"지웅이라는 아이를 아십니까?"

"네. 지웅이를 구해야 해요. 가장 강한 녀석이 지웅이한테 들었어요."

"하지만 신부님이 의식을 한다고 하더군요. 우리가 할 수 있는 게 없어요."

"안 돼요!"

양호 선생과 무당이 동시에 말했다.

"반드시 우리가 해야만 해요. 그게 아니면 도리가 없어요."

"저쪽이 도움이 될 수도 있잖아요."

무당은 나를 노려보았다.

"부정 타요. 말조심해요."

"지웅이 아버님이 허락하지 않을 겁니다."

"오늘은 이곳에 터를 잡을 거고 내일은 아이들과 직접 부딪칠 거예요."

나는 침묵으로 일관했다. 과연 이런 것들이 아이들에게 도움이 될까?

"왜 아무 말도 없죠?"

"잘 모르겠어요."

"믿어 줘요. 아이들을 구해야죠."

"정말 아이들을 원래대로 되돌릴 수 있는 겁니까?"

"네. 그러니 설득해 줘요. 우리만이 아이들을 구할 수 있어요."

"…정말 확신합니까?"

"우리를 믿어요."

나도 믿고 싶다. 그러나 너무도 혼란스럽다.

"당신도 보았잖아요."

그게 정말 본 게 맞는 걸까? 의구심이 들었다. 분명 오감으로는 느낄 수 없는 것을 느끼긴 했다.

"부탁이에요."

"…말은 해 보죠."

나는 집으로 돌아왔다. 자기들끼리 알아서 요상한 의식 같은 것을 하겠지. 나는 필요 없을 것이다. 몹시 피곤했다. 나는 눈을 감았다.

도와주세요. 아저씨.

지웅의 얼굴이 아른거렸다. 지웅의 어깨 너머로 어두운 뒤편에서 시커멓고 날카로운 손이 나타났다. 그 손은 지웅의 어깨를 꽉 붙잡았다. 그리고 지웅이 비명을 지르며 어둠 속으로 끌려갔다. 나는 지웅의 이름을 애타게 불렀지만 돌아오지 못했다. 지웅이가 끌려간 자리, 그 어둠 속에서 새빨간 눈동자가 나를 노려보고 있었다. 나는 가쁜 숨을 내쉬며 일어났다.

도와주세요.

내가 말이냐?

너무 고통스러워요.

조금만 참거라.

이제 더는 못 참겠어요.

나도 너를 돕고 싶단다.

그러나 너를 도울 방법이 무언지 나는 모른다. 과연 무엇이 너에게 도움이 될까. 네 말대로 그 무당만이 유일한 구원자인가? 그 사람이 네게 정말 도움이 된다면 나는 네 말을 따라야겠지.

암자

집으로 돌아와 방 안에 있으니 온갖 잡생각이 가득했다. 혼란스러웠다. 머리를 비우기 위해 밖으로 나갔다. 사람들과 단절된 곳으로 가고 싶었다. 나는 집 앞 뒷산으로 향했다. 자연에서 마음을 정돈한다면 조금이나마 괜찮아지리라 생각했다. 하지만 내 생각은 틀렸다. 한 걸음 한 걸음 걸을수록 오히려 마음이 더더욱 무거워질 뿐이었다.

제기랄.

나는 수풀이 우거진 곳에서 주저앉고 말았다. 숨이 턱 막혔다. 답답했다. 나는 한숨을 내쉬며 담배를 꺼내 물었다. 그러나 성냥이 없었다.

이런.

내 마음대로 되는 일이 하나도 없다. 담뱃불 하나 제대로 간수도 못 하고 다니면서 누가 누구를 도울 수 있겠는가. 어불성설이다. 그때 내 앞으로 불쑥 손이 들어왔다. 고개를 들어보니 노승이 내게 성냥을 건넸다. 그의 앞에서 담배를 태우는 것이 도리가 아니라는 것은 알지만 너무도 지친 상태였기에 그저 받아들였다.

"고맙습니다."

나는 담배를 깊숙이 빨아들였다. 그러나 오히려 머리가 더 무거워지고 구토가 올라왔다. 머리가 깨질 것만 같았다. 나는 노승의 앞에서 토하고 말았다. 추한 모습이다. 그러나 그는 아무런 표정의 변화 없이 그저 내 등을 두드려 주었다.

"미안합니다."

"괜찮습니다."

노승은 내가 숨을 돌릴 때까지 기다렸다.

"진정이 되셨소?"

나는 가래침을 뱉으며 고개를 끄덕였다.

"그렇다면 이제 거기서 일어나 주시겠습니까?"

"…네?"

"거기 앉아 계시면 안 됩니다."

나는 그의 말에 내가 앉은 곳을 내려다보았다. 평평한 바위인 줄 알았는데 바위에 석가모니의 얼굴이 새겨져 있었다. 나는 황급히 일어났다.

"죄송합니다. 이런 자리인 줄 몰랐습니다."

"괜찮습니다. 마음이 어지러우면 세상도 어지러이 보이는 법이지요."

"마음이 어지럽다니요?"

“소승이 볼 적에는 번뇌가 가득해 보입니다.”

정확하군.

“어떻게 아셨습니까?”
물어보고 나서 이내 어리석은 질문이었다는 걸 깨달았다. 지금 나의 모습은 누가 보아도 정상으로 보이지는 않을 것이다.
“마음의 고통은 결국 밖으로 드러나게 되어 있습니다.”
“…그렇군요.”
“잠시 쉬었다 가시지요.”
“…네?”
그러자 노승이 오르막길을 가리켰다.
“저곳에 저의 거처가 있습니다. 거기서 잠시 정돈하고 가시지요.”
폐가 되는 줄은 알았지만, 그의 말을 따를 수밖에 없었다. 몸과 마음이 너무도 무거웠다.
“감사합니다.”
노승을 따라 걸으니 작은 암자가 불쑥 튀어나왔다.

이런 곳이 있었나…?

노승은 나를 안으로 인도했다. 숲속에 숨어 있는 작은 암자였지만 있을 건 다 있었다. 내가 암자를 구경하는 사이, 노승은 내게 물을 퍼다 주었다.
“감사합니다.”

시원하고 맑은 물이었다. 그가 준 물을 마시니 온몸의 체증이 깨끗하게 씻겨 내려가는 기분이었다. 노승은 말없이 내 옆에 그저 가만히 앉아 있었다. 그가 도대체 무슨 생각을 하는 건지 궁금했다.

"무엇을 하고 계십니까?"

"세상 구경을 하는 중입니다."

그는 하늘을 바라보며 말했다.

"세상이요?"

"네."

"하늘밖에 보이지 않습니다만?"

"이 세상 모두가 같이 보고 같이 공유하고 있는 같은 하늘이지요."

"그렇군요."

그에게 궁금한 것이 생겼다.

마라 파피야스

악귀

"스님."

"네."

"궁금한 것이 있습니다."

"말씀하시지요."

그러나 막상 말을 꺼내기 망설여졌다. 하지만 꼭 물어보고 싶었다.

"스님은 귀신을 믿으십니까?"

"그런 건 없습니다."

그는 단호히 말했다. 의외의 대답이었다.

"…어째서 그렇습니까?"

그는 자세를 고쳐 앉고 나를 바라보았다.

"진정으로 있다고 믿으면 존재하고 진정으로 없다고 믿으면 존재하지 않겠지요. 소승은 귀신이 없다고 믿습니다."

이해하기 어려운 말이었다.

"하지만 스님은 부처를 섬기는 분이 아니십니까?"

"그렇지요."

분명 내가 본 책에서는 악귀가 있다고 했었다.

"제가 여기 오면서 알게 된 것이 있습니다."

"무엇을 알게 되셨습니까?"

"우선 저는 불자가 아닙니다."

"알고 있습니다."

"네?"

그러자 그는 묵주를 내밀었다.

"주머니에서 떨어뜨리셨습니다."

"저는 신자가 아닙니다. 이건 그저… 누군가에게 받은 것입니다."

나도 모르는 사이 그에게 변명하고 있었다. 노승은 웃으며 대답했다.

"아무려면 어떻습니까. 하던 말씀 마저 하십시오."

"제가 우연히 마왕이라는 존재를 알게 되었습니다."

"네."

"마왕이라는 존재는 악귀라고 들었습니다."

"네."

"그렇다면 결국에 귀신이라는 것 아닙니까?"

그러자 그는 빙긋 웃음을 지었다.

"누군가는 그렇게 믿겠지요."

"스님은 믿지 않습니까?"

"소승에게 그는 그저 깨달음을 얻지 못한 자일 뿐입니다."

"네?"

"분명 다른 이들은 귀신의 존재를 믿을 수도 있겠지요. 허나 소승은 그런 존재가 없다고 믿습니다."

없다고? 하지만 당신네 영역의 존재가 아닌가.

"하지만 분명 제가 본 책에서는…."

"앎과 믿음은 다른 것입니다."

"잘 이해가 안 되는군요."

"소승은 귀신이 존재하지 않는다고 믿습니다. 그렇기에 소승에게 귀신이란 존재는 어떤 의미도 어떤 영향도 없습니다. 이것은 가치 또한 마찬가지지요."

"가치요?"

"부처의 말씀을 믿는다면 그것이 현실이 될 것입니다. 반면 악의 말을 믿는다면 그 사람에게는 그것이 현실이 되겠지요. 세상 만물 모든 것 다 마찬가지입니다."

"그렇다면 직접 본 것은 어떻게 되는 것입니까?"

"무엇을 보았는지 소승은 모릅니다. 하지만 눈보다는 마음을 믿으십시오. 눈에 의지한다면 그 허상에 현혹되기 쉽습니다."

하지만 나는 분명히 보았고 느꼈다. 그렇다면 그것은 무엇이란 말인가.

노승은 자리에서 일어났다. 그와 대화하는 동안 나도 모르는 사이 어느새 몸이 개운해진 상태였다.

"이제 돌아가실 시간입니다."

"알겠습니다. 감사했습니다."

나는 자리에서 일어났다. 그러자 노승은 내게 묵주를 다시 내밀었다.

"가져가십시오. 필요할지도 모릅니다."

"저는 신자가 아니라 필요하지 않습니다."

"그래도 챙기시지요."

그는 내 손에 묵주를 쥐여 주였다.

"믿음이 중요합니다."

믿음이 중요하다….

"이 세상에 간절히 믿는 사람들이 많은데… 그들을 늘 배신한 게 믿음이었습니다."

"막연히 믿는 것과 진정으로 믿는 것은 다릅니다. 그게 무엇이든 진정으로 믿는지가 중요한 것입니다."

"…알겠습니다."

"소승은 이렇게 생각합니다. 제 말이 틀릴 수도 있지요. 절대적인 것은 없습니다. 그러나 제 말을 받아들이는 것은 당신의 몫입니다."

노승은 빗자루를 들고 바닥의 낙엽을 쓸기 시작했다.

"길이 험합니다. 조심히 가십시오."

3부

심연, 외로운 여정

의미 없는 논쟁

지웅이는 비명을 지르고 있었다. 온 병원이 떠나가도록 소리를 질렀다. 피눈물을 흘리며 애처롭게 나를 바라보았다.

"무당님…."

점점 심해지고 있었다. 지웅이에게 나타난… 아니, 아이들에게 나타난 증상은 현대 의학으로 치료가 되지 않고 있었다. 지웅이는 비과학적인 방법을 바랐다.

"절대 안 돼."

아저씨는 딱 잘라 말했다.

"정말 고려도 안 해 보실 겁니까?"

"오직 하느님만이 구해 주실 수 있어."

"그렇지만 따님이 바라지 않습니까?"

"저건 내 딸이 아니야. 내 딸의 탈을 쓴 사탄이야."

그는 완강했다.

"그런 사이비들 이야기는 꺼내지도 말게. 하느님께서 노하셔. 이 세상은 오직 하느님만이 구원하실 수 있어. 분명 내 딸을 도와주실 거야."

존재에 의문을 던지면 산신이라는 자도 노하고 하느님이라는 자도 노한다.

그렇게 쉽게 분노하는 이가 과연 선한 존재인가?

"그렇지만…."

"더 논하지 말게."

그는 그러고 매몰차게 가 버렸다. 구원해야 하는 세상을 만든 것도 신이고 구원하지 않고 방관하는 자도 신이라고 나는 말하지 못했다. 그의 신앙심이 투철했기에. 그렇다고 무속이 방법이라는 것도 아니었지만 적어도 지웅이 원하고 있지 않은가?

나는 모르겠다. 정말로 모르겠다. 무엇이 옳고 무엇이 그른지. 이 어지러운 세상에서 내가 가야 할 곳이 어디인지 나는 정말로 모르겠다.

"오늘 밤 아이들을 만날 겁니다."

양호 선생이 내게 말했다.

"그렇지만 허락을 안 하실 겁니다."

"몰래라도 해야죠."

"몰래 한다고요?"

"아이들을 구해야죠."

도대체 무엇이 저렇게 확신에 찬 말을 쉽게 내뱉을 수 있도록 하는 것일까.

"하나만 물어보죠."

"네."

"정말 이게 성공하리라고 생각합니까?"

"그럼요."

"이런 적이 있었습니까? 비슷한 경우를 단 한 번이라도 본 적이 있습니까?"

"네."

"언제요?"

"제가 고통받을 때 도와주신 분이 무당님이세요."

"당신도 귀신이 들렸던 겁니까?"

"네. 아주 악독한 놈이었어요."

궁금했다.

"하나만 물어도 되겠습니까?"

"네."

"…정확히 어떤 느낌입니까?"

그러자 양호 선생이 되물었다.

"당신이 상상하는 가장 큰 고통이 무엇이죠?"

"물리적인 고통을 말하는 겁니까? 아님 정신적인 고통을 말하는 겁니까?"

"그게 무엇이든 간에 그보다 더한 고통입니다."

그녀는 확신에 차서 말했다.

"알겠습니다. 이따 밤에 봅시다."

지웅이 원하는 것은 무속신앙이다. 그게 그 아이에게는 유일한 방법이다.

그러나 만약 그것이 통하지 않는다면? 그저 그 아이가 원하는 대로 해주어야 하는 것인가?

어떻게 되건 간에 오늘 밤 결판이 날 것이다. 나는 집에서 휴식했다. 밤이 찾아오고 나는 무거운 마음으로 병원을 향해 걸었다. 병원은 조용했다. 지웅이 있는 병실에는 무당과 양호 선생이 있었다. 이미 수많은 양초에 불이 붙어 있었고 바닥에는 붉은 팥과 소금이 잔뜩 뿌려져 있었다.

"이제 시작할 겁니다."

"알겠습니다."

북과 징을 마구 쳐대며 굿이 시작되었다. 무당은 허공에 칼을 휘두르고 기합을 내뱉으며 정중정중 뛰어다녔다. 양호 선생은 무릎을 꿇고 앉아 두 손을 모아 열심히 기도했다. 나는 그 모습을 멀찍이 뒤에서 참관했다. 지웅이 어느새 깨어나 소리를 질렀다. 온몸에 핏줄이 선명하게 드러났다. 지웅을 묶어 놓은 줄이 풀릴 듯 말 듯 간신히 버티고 있었다. 무당은 더욱 몸짓을 크게 내질렀다.

"이게 뭐 하는 짓들이야!"

별안간 아저씨가 난입했다. 그의 등장에 모든 촛불이 순식간에 꺼졌다.

"안 돼요!"

양호 선생이 처절하게 외쳤다. 그러나 그는 무시했다. 양초를 부러뜨리고 뿌려진 팥과 소금들을 발로 차 냈다. 소리를 지르던 지웅이는 다시 잠잠해졌다.

"이런 것들 때문에 내 딸에게 사탄이 들린 거야."

"이러시면 안 돼요!"

그러나 그는 말이 통하지 않았다.

"이 새끼!"

아저씨가 내 멱살을 잡았다.

"너도 한패야?"

나는 보호자의 역정에 대답하지 못했다.

"전부 썩 꺼져!"

결국 우리는 철수했다. 아니, 쫓겨났다.

고립의 벽

"이제 어떻게 되는 거죠?"

무당과 양호 선생은 말이 없었다.

"이제 어떻게 되는 거냐고요."

"다시 시도해야죠."

"네?"

"아직 기회는 있어요."

그 말에 분노가 치밀었다.

"대체 그 기회가 뭡니까?"

"아이들을 구할 수 있는 한 가지 방법이 있어요."

들어나 보기로 했다.

"더 큰 정성이 필요해요. 그러려면 바칠 게 아주 많아요."

설마 돈을 말하는 건가? 생각이 그쪽으로 닿으니 이들이 역겹게 느껴졌다.

나는 간신히 억누르며 말했다.

"이를테면 돈 말입니까?"

"그것도 필요하죠."

"이 쌍것들아."

"…뭐라고요?"

"네놈들 말대로 지금까지 계속 따라왔어. 매번 마지막인 것처럼 말하더니 또 기회가 있다고?"

"아니…."

"돈이 필요하다고?"

"그건…."

"그딴 거 필요 없어. 아니, 없었어. 너희들은 그냥 사기꾼이야. 코 묻은 애들 등쳐 먹기나 하는. 이 망할 것들아."

"감히 산신님한테…."

"다시는 내 앞에 나타나지 마."

"하지만 당신도 보지 않았습니까."

그렇다. 그러나 그건 더 이상 내게 중요하지 않다.

"듣고 싶지 않아."

나는 휙 돌아섰다. 지금껏 이런 사이비들에 내 시간을 투자했다고 생각하니 화가 절로 났다. 내가 아저씨에게 무슨 짓을 한 것일까.

전부 네 잘못이다.

맞다.

잘못한 자는 벌을 받아야 한다.

그래야겠지. 그렇다면 무엇이 내게 합당한 벌인가?

너는 살아야 한다.

…살아야 한다고?

살아서 모든 것을 지켜보며 고통받거라. 그게 너의 형벌이다.

그렇다면 나는 이미 형벌을 받고 있는 것인가….

다음 날 알게 되었다. 언론은 광부들의 편이 아니라는 사실을 모두들 확실히 알게 되었다. 텔레비전에서 말하기를 광부들은 깡패들이었다. 그렇게 규정되었다. 서울의 가판대에 즐비하게 놓아진 신문들에는 사북의 이야기가 1면에 실려 있었다. 광부들이 돌을 던지는 모습과 다친 경찰들의 사진이 찍혀 대문짝만하게 인쇄되어 있었다. 문득 그 사진이 권수가 찍은 사진과 비슷하다는 걸 알아차렸다.

답은 뻔하다.

욕망에 사로잡혀 변절했거나, 강한 힘에 그 기개가 굴복했거나. 그러나 그런 것은 중요하지 않다. 저 사진은 사북에서 찍혔다. 그 말은 사북에 온 기자들이 찍었다는 것이다. 이제 사북의 사람들에게 기자들은 믿을 수 없는 존재들이 되어 버렸다. 더 이상 나는 이곳에 존재할 이유가 하나도 없었다. 나는 편집장에게 연락했다.

– 왜 이렇게 연락이 안 돼?
"죄송합니다. 곧 올라가겠습니다."
– 취재를 누가 이렇게 오래 해. 자네 제정신이야?
"담을 게 많아서 그랬습니다."
– 이미 기사 다 나갔어. 우리만 사진이 없어. 대체 뭐 하고 있는 거야?
"종석이는 보냈습니다."
– 무슨 소리야?
"…네?"
– 그 친구 여기 안 왔다고. 자네랑 같이 있는 거 아니야?
"…안 왔다고요?"
– 됐고, 사진이라도 건져 와. 안 그러면 해고야. 끊어!

편집장은 제 할 말만 하고 전화를 뚝 끊었다. 그에게 중요한 것은 자극적인 사진이다. 그러나 의문이 들었다. 종석이는 대체 어디로 간 것일까. 어쩌면 미리 재단하고 다른 길을 찾으러 간 것일 수도 있겠지. 제 갈 길을 간 것이다. 그렇다면 내가 갈 길은 대체 어디일까. 아니, 내 길이 있기는 한 걸까.

너는 환영받지 못한다. 용서는 기대도 말거라. 살아 숨 쉴 수 있을 때 꽁지 빠지게 도망가라.

그럴 수는 없다. 모든 걸 버리고 도망친 비겁한 겁쟁이가 될 수는 없다.

왜? 그게 너의 특기 아닌가?

진실

경찰들은 다른 수를 들고 왔다. 최루 연기는 없었다. 맑은 공기만이 있었다. 협상이 시작되었다. 저들이 먼저 백기를 들었다. 처음에는 광부들이 믿지 않았다. 저들이 조작한 진실로 광부들의 명예는 실추되었다. 그러나 마냥 계속해서 공방전을 펼칠 수도 없는 노릇이었다. 다들 지쳐 가고 있었다. 이 싸움은 소모전이다. 결국 지친 광부들은 협상 테이블에 앉았다. 이제 더 이상 나는 할 수 있는 게 없다. 무력한 잉여 인간이 되었다.

원래 그랬듯이, 항상 그래 왔듯이 나는 달라지지 못했다.

"언제까지 있을 거니?"
마루에 앉아 멍하니 담배 연기를 내뿜고 있을 때 아버지가 물었다.
"…곧 갈 겁니다."

"그래. 조심히 가거라."

"네."

아버지는 방으로 들어가려다 말고 나지막이 나를 불렀다.

"창아."

"네."

"학교 쪽은 가지 말거라."

"…왜요?"

"지금 다들 일을 안 해서 가스가 방출되고 있을 거다. 그쪽에 처리장이 있으니."

"가스요?"

"그래."

누군가 뒤통수를 세게 후려갈긴 느낌이었다.

"그게… 안 좋은 건가요?"

"광산의 유해한 가스를 배출하는 곳이다."

"그 처리장 말입니까?"

"그래."

"…그렇다면 만약에 그 가스에 노출되면 어떻게 됩니까?"

"아마 정신을 잃을 수도 있을 게다. 가끔 그런 일이 있었으니."

"정신을 잃은 이들은 어떻게 되었습니까?"

"다시 찾지 못했다. 조심하거라."

가스

드디어 처음으로 인과가 맞아떨어졌다. 이제야 나름의 설명이 되었다. 아이들이 정신을 잃은 이유가 가스 때문이었다. 결국 아이들이 그렇게 된 것은 어른들의 책임이었다는 씁쓸한 결론이 나왔다. 그게 가스가 되었건 아니건 간에, 결국 내가 본 그 존재도 사실은 환각에 의한 허상이었던 것인가. 그간 내가 해 온 모든 것들이 다 의미가 없어지는 순간이었다. 하지만 의문은 아직 남아 있었다. 분명 학교의 모든 이들이 가스에 노출되었다.

그런데 왜 그 아이들만 정신을 잃은 것인가?

"아버지."
"왜 그러냐."
"아버지는 귀신을 믿으십니까?"
아버지는 말이 없었다.

괜한 질문이었을까.

"아닙니다."
"그게 중요하니?"
"…네?"
"있고 없고가 뭐가 중요하니?"
그러고 아버지는 방으로 들어갔다.

있고 없고가 중요하니?

나는 중요하지 않은 것에 매달리고 있었던 것인가….

"그럴 수도 있겠네요."

간호사는 놀란 기색이었다. 그녀는 내가 제시한 가설에 어느 정도 수긍하는 모습이었다.

"그런데 왜 그 아이들만 정신을 잃은 걸까요?"

"체질 탓일 수도 있어요."

"체질이요?"

"네."

"이해가 잘 안 가네요."

"호흡기가 약한 아이들은 그럴 수도 있어요. 쉽게 설명하면 몸 안에 들어오는 유해 물질들을 막아 주는 필터가 제 기능을 못 하는 거죠."

"그럼 환각 같은 것도 보일 수 있나요?"

"그럴 수도 있죠."

"전에도 이런 일이 있었나요?"

"저는 잘 몰라요. 여기 온 지 얼마 되지 않았어요."

"치료법이 있나요?"

제발 방도가 있었으면….

"아직 알려진 치료법은 없어요. 아이들에게 충분한 휴식을 취하게 하면 또 모르죠."

"지금보다 더 아이들에게 신경을 써 주십시오."

"당장 그럴 수는 없어요. 지금 돌보아야 하는 사람이 너무 많아요. 일단은 최대한 노력해 볼게요."

"…알겠습니다."

"조심히 가세요."

"수고하십시오."

이제 내 방향이 정해졌다. 다시 광산을 가동해야 한다. 또 다른 피해자가 나오기 전에 막아야 한다. 나는 사무소로 향했다. 소장은 아직도 피를 흘리며 처참한 꼴로 묶여 있었다. 마치 순교자처럼. 그러나 그는 배교자다.

"그럴 수는 없어."

"네?"

"지금은 광산을 가동하지 못해."

"처리장만이라도 어떻게 안 됩니까?"

"인원이 없어. 다친 사람도 많고 다리도 지켜야 해."

"그럼 아이들은 어떡합니까?"

"지금으로서는 방법이 없어."

그는 나의 우려를 인정하긴 했다. 하지만 고개를 저었다.

"아이들이 위험합니다."

"이봐."

"네?"

"지금은 우리가 더 위험해. 목숨 걸고 다리를 지키고 있는 거 안 보여?"

"그래도…."

"어서 가게."

더 말해 봤자 의미가 없다. 나는 재빨리 학교로 걸음을 옮겼다. 학교에 가까워질수록 연한 가스 냄새가 코에 맡아지기 시작했다. 나도 모르는 사이 비겁하게 소매로 코를 가리고 말았다.

"그럴 수는 없소."
돌아온 건 똑같은 답변이었다.

그럴 수는 없다.

도대체 왜?

"그런 확실하지 않은 이유로 학교를 휴교할 수는 없소."
"교장님은 가스 냄새가 느껴지지 않습니까?"
"기자 양반, 이곳은 항상 그랬었소."
"이번엔 다릅니다. 믿어 주십시오."
"믿고 말고가 중요한 게 아니오."
"아이들이 또 다칠 수도 있습니다. 그때는 어쩌시려고 그럽니까?"
"지금 이 판국에 아이들을 가르칠 수 있는 것만도 감지덕지요. 아이들도 부모들도 그렇게 생각할 거요."
"더 이상 피해자가 나오지 않는 게 중요합니다. 아마 가스는 계속 나올 겁니다. 그럼 다치는 아이들이 더 늘어나겠죠."
그러나 교장은 내게 다른 이야기를 꺼냈다.
"이 시골에서 아이들 학교 보내겠다고 얼마를 내는지 아시오?"

"…네?"

"학교를 휴교하면 일정이 얼마나 밀리는지 아시오?"

"지금 그게 중요합니까? 가뜩이나 폐쇄된 동네인데?"

"그렇소."

황당했다.

"이곳이 영영 폐쇄될 것은 아니지 않소?"

"그러는 사이 아이들이 더 다치면 어떡하시렵니까?"

"그럼 내가 한번 물어봅시다. 당신은 학생들만 생각하지, 교사들은 생각하지 않고 있소. 내 말이 틀렸소?"

"아이들이야말로 이곳의 미래이고 교사들이 존재하는 이유 아닙니까?"

"교사가 있어야 아이들도 비로소 있을 수 있소."

궤변이다.

스러져 가는 늙음을 위해 피어나는 젊음이 존재하지는 않는다. 적어도 나는 그렇게 생각해 왔다.

"그건 말이 되지 않습니다."

"휴교한다면 얼마나 학교에 피해가 가는지 아시오?"

"정말 그렇게 생각하십니까?"

"그렇소."

"휴교는 있을 수 없소."

그는 딱 잘라 말했다.

"어지러운 시국으로 인해 휴교를 자주 했었소. 이제는 지긋지긋하오."

"아이들을 정말 생각하시기는 하는 겁니까?"

"학교는 아이들만 중요한 게 아니오."

나는 간신히 참으며 말했다.

"아이들을 위해 존재하는 게 학교라는 교육기관 아닙니까? 아이들의 미래를 위해서 존재하는 기관 말입니다."

"아마 당신이 내 자리에 잠시나마라도 있어 본다면 내 말을 이해할 거요."

"그게 무슨 말…."

교장은 내 말을 잘랐다.

"그리고 무엇보다 당신 주장 확실한 거요?"

"네?"

"당신의 주장에 근거가 있소?"

"그건…."

"다 가설 아니오?"

말문이 막히고 말았다.

"돌아가시오."

그는 냉정하게 나를 밀어냈다. 분명 원인을 찾은 줄 알았는데 그 누구도 도와주지 않는다. 아니 도와줄 수 없단다. 그 누구도 아이들을 진정으로 신경 쓰지 않는다. 이리저리 동분서주해도 할 수 있는 게 하나 없었다. 그러다 문득 지웅이가 떠올랐다. 나는 다시 병원으로 향했다. 지웅이에게 구마 의식을 한다고 했다. 막아야 한다. 이제 그런 건 필요가 없다. 쓰러진 아이들에게 지금 제일 필요한 것은 안정이다. 그러나 병원에서 지웅이를 찾을 수 없었다. 지웅이가 있던 침대는 다른 환자가 쓰고 있었다.

"이미 퇴원했어요."

"…네?"

"퇴원했다고요."

간호사는 문진표를 뒤적이며 눈도 마주치지 않은 채 대꾸했다.

"언제요?"

"몰라요."

"설마 다 나은 건가요?"

"몰라요. 가 주시겠어요?"

"주소만이라도 알려 주실 수 없습니까?"

"환자 정보는 드릴 수 없어요."

나는 실랑이 끝에 간신히 지웅이의 주소를 알아내었다. 퇴원하면 안 된다. 지웅이는 병원에서 안정을 취해야 한다. 신앙 따위에 기댈 일이 아니란 말이다.

전환점

쪽지에 적힌 주소를 따라가는 중에 최 씨 아저씨를 마주쳤다. 그는 나를 알아보지 못하고 지나쳤다.

"드릴 말씀이 있습니다."

나는 그가 나를 냉대할 거라 예상했다. 그러나 의외로 그는 싱글벙글했다.

"무슨 일이 있으십니까?"

"드디어 해결됐어."

"지웅이가 나은 겁니까?"

나는 반색하며 물었다.

"지웅이는 곧 나을 거야."

"그럼 뭐가 해결된 겁니까?"

"저놈들이 드디어 항복했어. 밀린 임금 지급하고 임금도 인상해 준대.

그리고 아무도 처벌하지 않겠대."

믿기지 않았다.

"정말입니까? 거짓이면 어떡합니까?"

"저놈들 각서에 서명도 했고 돈도 가져와서 줬어. 저놈들도 우리랑 싸우느라 피곤하겠지."

아저씨는 내 어깨를 툭 치며 말했다.

"이게 다 하느님이 보살펴 주신 덕분이야. 그 찢어 죽일 소장 놈도 처벌받을 거래. 암, 그래야지."

나는 그가 순진한 건지 눈치가 없는 건지 헷갈렸다. 분명 생존을 쟁취하기 위해 많은 이들이 죽거나 다쳤다. 그리고 이자의 딸 또한 온전치 않은 상황이다. 그에게는 이 상황의 타개가 제일 중요한 것인가? 하지만 나는 이 사람의 처지가 아니니 함부로 재단해서는 안 된다. 고통스러운 긴 세월이 끝났으니 안도할 수도 있겠지.

"다행이군요. 저번에는 정말 죄송했습니다."

"알고 있어."

뜻밖의 대답이었다.

"네?"

"자네 마음을 안다고."

"그렇습니까?"

"솔직히 그때는 자네한테 정말 화가 많이 났었네."

"저도 압니다."

"그런데 자네가 왜 그랬는지를 생각해 봤어. 그것도 다 내 딸이 낫기를 바라서 그런 것이겠지."

그는 넓은 아량으로 나를 이해해 주었다.

"그래도 제가 잘못했습니다."

"그 정도면 되었어."

"감사합니다."

"그런데 자네 기자라는 양반이 그런 사이비는 왜 믿은 거야?"

나는 대답하지 못했다. 논리적이어야 하는 기자가 말도 안 되는 신앙 따위에 빠져 허송세월했다는 사실은 변하지 않으니까.

"구마 의식을 하신다고 들었습니다."

"그래. 사북을 구하셨으니, 하느님께서 지웅이도 곧 구해 주실 거야."

그는 고개를 끄덕이며 말했다.

"분명 그러실 거야."

"드릴 말씀이 바로 그겁니다."

"뭔데?"

"지웅이를 그렇게 만든 건 악귀도 사탄도 아닙니다."

"아니, 사탄의 짓이야."

"아닙니다. 가스 때문입니다. 가스에 중독되어서 정신착란이 일어난 겁니다. 지금 처리장을 가동하지 못하고 있잖습니까. 아마 잘 아실 겁니다. 다시 처리장을 가동하고 지웅이는 병원으로 보내야 합니다. 지금 지웅이에게는 신부님이 아니라 의사가 필요합니다. 절대적으로 안정이 필요하다고요."

그러자 그의 표정이 굳었다.

"우리를 구원해 주실 분은 하느님밖에 없어."

"지웅이는 입원해야 합니다. 안정이 필요하다고요."

"사탄을 쫓아내면 다 괜찮아질 거야."

"그런 건 없습니다!"

"자네가 뭔데 감히 하느님을 모독하는 거야? 불경스럽게."

"탄광에서 일하시니 잘 아시지 않습니까?"

"듣기 싫어."

"지웅이에게는 의사가 필요합니다."

그는 신경질을 냈다.

"자네 딸이야? 지웅이는 내 딸이야. 그러니 누가 뭐래도 내가 알아서 할 거야. 곧 신부님이 오시기로 했으니 다 괜찮아질 거야. 오늘은 필시 좋은 날이 될 거야. 신부님께서 날을 잡아 주셨어."

그는 나를 밀치고 가 버렸다. 나는 그를 뒤쫓았다. 지금은 병원에서 안정을 취해야 한다. 굿이나 구마 의식이나 다 부질없는 것이다.

폭풍이 다가오고 있다. 그러나 그에 대한 대비는 전혀 되어 있지 않다.

그리고 나는 목격하고 말았다.

그 참상을.

그 폭력의 현장을.

의식이 시작되고 지웅이는 묶인 채 발버둥 쳤다. 비명을 질러 댔다. 신부는 밧줄로 꽁꽁 묶인 왜소한 아이에게 정체를 알 수 없는 물을 얼굴에

뿌려 대며 성경을 크게 읽었다. 물을 맞을 때마다 지웅이는 비명을 질렀다. 몹시 괴로워했다. 지웅이 주변에 있는 모든 사람은 두 손을 모은 채 간절하게 기도했다.

"아저씨!"

지웅이가 나를 바라보며 애타게 불렀다.

"도와주세요! 무당님을 불러 주세요!"

끔찍한 광경이었다.

닥치거라.

물러가라. 사탄아.

그리고 매질이 있었다.

네가 있던 곳으로 돌아가거라.

너의 주인이 있는 곳으로 돌아가거라.

무당님!

다시 무당을 부르짖는 비명이 있었고 매질이 계속해서 이어졌다. 나는 참지 못하고 그 의식 안으로 달려들었다.

"지금 뭐 하시는 겁니까!"

"안 돼!"

"애한테 이러시면 안 됩니다!"

"썩 꺼지지 못해!"

아저씨가 황급히 제지했다. 그때 뒤에서 지웅이가 핏덩어리를 뱉었다. 혀를 깨물었다. 잘린 혓바닥이 바닥에 떨어졌다. 바닥에는 피가 튀었다. 지웅이는 눈이 뒤집힌 채 까무러쳤다. 구마 의식을 진행하던 신부는 그 모습을 보고는 성경을 떨어뜨리며 혼절하고 말았다. 혼돈과 파국의 아수라장이었다. 그곳에 있던 모든 이들은 그 끔찍한 광경에 얼어붙고 말았다.

"지웅아! 정신 차려!"

지웅이는 입에서 피를 뿜어내며 외쳤다. 신부의 얼굴이 피 칠갑이 되었다.

「모두 내게로 오거라! 불바다를 보여 주마!」

"지웅아!"

"당장 나가!"

나는 비명을 뒤로하고 뒷걸음질 치며 돌아 나왔다. 그리고 내 뒤에서 문이 닫혔다. 내가 할 수 있는 것은 없었다. 끝났다. 정처 없이 터벅터벅 걸었다. 나는 여기 와서 분명 많은 일을 겪었고 많은 것을 행했다. 그런데 아무것도 한 게 없었다. 광부들을 구하지도 아이들을 구하지도 첫 호의를 베푼 이를 구하지도 못했다.

자멸

밤이 찾아왔다. 사북에 어둠이 드리워졌다. 달도 뜨지 않았다. 아니다. 달은 그 자리에 있을 뿐 그저 내 앞에 보이지 않는 것이다. 나를 비추지 않을 뿐이다. 나는 달빛을 받을 자격이 없으니까. 광부들이 치열하게 지키던 다리에도 땀을 흘리며 탄을 캐내던 탄광에도 아무도 없었다. 내내 묶여 있던 소장도 더는 그 자리에 존재하지 않았다. 광부들은 원하는 것을 얻고 자신들의 보금자리로 돌아갔다. 그들이 얻어 낸 것은 다음과 같았다.

최종 합의문

부상자 치료비 및 보상금 일체는 회사에서 책임진다.

피해 주택 복구비도 회사에서 전액 부담한다.

하청업자 종업원의 임금 인상도 최대한 보장토록 노력한다.

신용조합 운영에 있어서 부실한 원금에 대하여는 회사에서 지급한다.
징계로 인한 상여금 삭감분은 즉시 지급한다.
이번 사태로 쉰 기간에 대하여는 휴업수당을 지급한다.
현재 250% 상여금을 400%까지 인상하여 분기별로 지급한다.
2개월 임금인상 소급분 20%는 올해 말까지 지급하고 탄가 인상 시 재조정한다.
경찰 당국은 이번 사태수습에 절대로 실력행사를 하지 않기로 한다.
금번 사태에 대한 문제는 회사와 당국이 최대의 노력으로 원만히 해결하도록 한다.

후속 조치

사북 광업소는 아래와 같이 확인한다.

상여금은 250%에서 400%로 인상한다.
2개월분 임금 인상 소급분 20%는 올해 말에 지급하고 탄가 인상 때 재조정한다.
임금인상 후 도급료 인상률을 보장한다.
징계자 상여금 삭제분에 대하여 이를 지급한다.
파업 기간 노임을 휴업수당으로 지급한다.
부상자의 치료 및 가옥 파손 수리 비용을 지급한다.
미지급된 모든 금액에 대하여도 보상한다.

광부들이 목숨 걸고 싸워 쟁취한 조건이었다. 그 조건은 생존권이었다.

기본적인 것을, 생존을 간신히 보장할 수 있는 권리를 목숨을 걸고 싸워야지만 얻어 낼 수 있는 막장인 현실이다. 어쩌면 막장이 늘 일상이었던 광부들이었기에 가능했으려나. 결과적으로 광부들은 참았고 버텼다. 그리고 악에 맞서 싸워 이겼다. 그들은 개선군이 되어 위풍당당하게 집으로 돌아갔다. 아마 지금쯤 아무 걱정 없는 단잠에 빠져 있겠지.

나는 탄광 앞에 섰다. 이곳이 내 마지막 종착역이다. 더는 갈 곳이 없다. 나는 입구를 향해 걸어 들어갔다. 나를 집어삼키는 시커먼 심연이 기다리고 있었다. 지독한 가스 냄새가 코를 찔렀다. 당연하다. 나는 어떤 보호 장구도 착용하지 않았으니. 탄광 안은 너무도 캄캄했다. 나는 담배를 꺼내 물고 성냥불을 붙였다. 담뱃불에 앞이 보이기 시작했다. 담배 연기를 내뿜으며 천천히 한 걸음씩 앞으로 걸어 나갔다. 마지막 사치. 이 정도는 누릴 수 있지 않은가. 좁고 깊은 탄광이었다. 검댕이 잔뜩 묻은 표지판에 안전제일이라고 적혀 있었다. 안전이 제일인 이곳에서 얼마나 많은 광부들이 죽거나 다쳤을까. 나는 표지판을 뒤로하고 앞으로 걸었다. 가스 냄새가 더 강하게 맡아지기 시작했다. 그런데 이상했다. 냄새를 맡을수록 오히려 정신이 또렷해지는 기분이었다. 앞으로 걸을수록 점점 더 밝아지는 것 같았다. 착각이 아니었다. 안에서 일렁거리는 불빛이 보였다.

대체 누가 이 시간에 탄광 안에 있는 것인가?

"이봐요!"

나는 그 안에서 양호 선생과 무당을 마주쳤다. 둘은 마치 서리하다 걸린 어린아이 같았다. 그들은 깜짝 놀라 겁에 질려 나를 바라보았다. 자세히 보니 바닥에 놓인 양초들에 불이 타오르고 있었고 벽에는 부적들이 붙어 있었다. 그 공간이 더 지각되고 난 후 나는 알아차렸다. 다이너마이트가 들어 있는 상자가 바닥에 놓여 있었다.

"이 시간에 여기서 뭐 합니까?"

"그러는 당신은요?"

나도 할 말은 없다.

"떠나기 전에 한번 둘러보려고요."

"여기를요?"

양호 선생은 나를 이상하다는 듯이 바라보았다.

"나보다 그쪽이 이상한 거요. 대체 무슨 짓을 벌이고 있는 겁니까?"

"이건…."

양호 선생이 머뭇거리며 말을 얼버무리자 무당이 나섰다.

"악연을 끊으려고 합니다."

"무슨 악연?"

"사북의 모든 악연 말입니다."

"다 끝난 마당에 무슨 악연이 있다는 말이오?"

"다 끝나다니요?"

"협상이 끝났소. 악인들은 처벌받게 될 것이고 광부들은 그들의 생존을 보장받았소."

무당은 품에서 칼을 꺼냈다.

"아직 안 끝났습니다."

그녀는 칼을 내게 겨누었다. 나는 두렵지 않았다. 오히려 내심 그녀가 나를 베어 주고 찔러 주기를 바랐다. 그러나 내 바람과는 달리 그녀는 다시 칼을 거두었다.

"대체 무엇을 하려는 거요?"

"여기가 근원입니다."

"근원?"

무당은 고개를 끄덕였다.

"이곳을 없애야 합니다."

"그게 무슨 말입니까?"

"다시는 그 누구도 이곳에 발 디딜 틈조차 없게 없앨 것입니다."

"여기를 폭파라도 하겠다는 거요?"

"네."

모든 것이 확실해졌다. 이자들은 정신이 나갔다. 틀림없다. 허탈한 냉소조차 나오지 않았다. 나는 다이너마이트가 담긴 상자를 가리켰다.

"저걸로 되겠소?"

"그게 무슨 말입니까?"

"저 정도의 양으로 과연 이곳이 무너지겠냐는 말이오."

내 말에 그들은 당황한 표정을 지었다.

"…그럼 어느 정도가 필요하죠?"

"그걸 내가 왜 알려 줘야 합니까?"

"저희를 도와주십시오."

"싫습니다."

"사북의 모든 불행이 여기서 시작되었습니다."

"당신들은 미쳤소."

그러자 양호 선생이 소리를 질렀다. 귀가 아팠다.

"우리는 미치지 않았습니다!"

"마음대로 생각하시오."

"그렇다면 왜 아이들이 다친 겁니까?"

"그것은 가스 때문입니다."

"…가스요?"

"여기서 나온 해로운 가스 때문에 사람들이 정신을 잃은 것이란 말입니다. 무슨 말도 안 되는 귀신 따위가 아니라."

그러자 그들은 발악했다. 내게 소리쳤다.

"당신도 보았습니다!"

"그것은 나도 가스에 노출되었기 때문이오."

"좋아요. 그렇다면 왜 아이들만 저렇게 된 것입니까? 가스 때문이라면?"

"그야…."

"왜 아이들은 다들 똑같은 것을 말하고 있는 겁니까?"

그것은 나도 선뜻 대답하기 어려웠다. 가스 때문이라고 해도 아이들이 전염병이라도 걸리듯이 순차적으로 정신을 잃은 것에 대한 대답은 쉽게 나오지 않았다.

왜 그런 것인가?

어쩌면 이곳이, 이 나라가, 이 시대가 미쳤기 때문은 아닐까.

미칠 수밖에 없는 현실이기에….

"이제 다 의미가 없습니다. 그만해요."

"아니, 여기를 반드시 없애야 합니다."

"그러면 여기 사람들은 무엇으로 먹고살라는 말이오?"

내 말에 그들은 대답하지 못했다.

"탄광이 없으면 사북의 모든 이들은 굶어 죽을 것이오. 그 점은 생각해 본 거요?"

침묵이 흘렀다. 그 점까지는 생각하지 못한 모양이다. 한참이 지나고서야 그들이 입을 열었다.

"미래를 위해서라도 이곳을 없애야 합니다."

정말 일차원적으로 생각하는군.

"여기를 없애면 이곳의 미래도 없어질 거요."

"분명 다른 방법을 주실 것입니다."

"그래, 당신네들이 모신다는 수호신이 광부들에게 먹고살 수 있는 다른 방법을 준다는 말입니까?"

"분명 그럴 것입니다."

"뭐 하나만 물읍시다."

"네."

"그럼 그 수호신은 여태까지 이 불행들을 막지 않고 무엇을 했습니까?"

"그건 외부의 악귀가 자리를 강하게 잡아서…."

나는 말을 잘랐다.

"그런 건 없소. 정신 차리시오."

무당은 칼을 다시 꺼내 내게 겨누었다.

“방해한다면 그 대가는 죽음으로 갚아야 할 것입니다.”

칼 하나 든 여자 정도야 성인 남성인 내가 충분히 제압할 수 있다. 그러나 더 이상 이들과 같이 있기 싫어졌다.

“마음대로 하시오.”

나는 돌아서 나왔다. 적어도 저들과 함께 마지막을 맞이하고 싶지는 않았다. 탄광의 입구까지 돌아 나왔을 때 뒤에서 큰 폭발음과 함께 돌들이 무너져 내리는 소리가 들렸다. 갱도가 흔들려 검은 먼지가 나를 뒤덮었다.

드디어 저지른 것인가.

돌아보니 그들의 목표는 실패했다. 탄광은 멀쩡했다. 안에서 연기가 희미하게 나올 뿐 탄광은 전혀 무너지지 않았다. 당연하다.

저 유구한 역사가 흐르는 탄광을 얕보다니.

설사 무너졌다 해도 광부들은 다시 발파해서 갱도를 열었을 것이다. 광부들에게 그 정도 일은 일도 아니니까. 저 어리석은 여성 둘은 그렇게 탄광에서 아무런 의미 없이 목숨을 잃었다. 그리고 나는 인정했다. 내 의지대로 되는 것은 하나도 없다는 것을. 다시 부질없는 삶을 살게 되었다.

무슨 일이야!

사람들이 탄광으로 뛰쳐나왔다. 다들 놀란 기색이었다. 폭발음은 사북의 고요한 밤을 충분히 깨우고도 남았다. 나는 그들을 지나쳤다. 탄광으로 달려가는 이들을 뒤로하고 걸었다.

마음대로 되는 것이 하나 없다. 이게 나의 운명인가? 홀로 편안히 마지막을 맞이하려던 계획이 지나친 바람인 건가.

그렇다.

너무하는군.

너무하다고? 너는 이유도 알아내지 못했고 해결도 하지 못했다.

그럼 도대체 언제가 나의 마지막이라는 것인가.

너는 늘 그랬듯 그렇게 송장처럼 살다가 늙어 아무도 모르게 죽게 될 것이다. 원망하지 마라. 네가 자초한 일이 아니더냐.

그렇다면 돌아가야겠지.

집으로 돌아오니 아버지가 담배를 피우고 있었다. 아버지의 입에서 나온 허연 담배 연기가 하늘로 힘없이 흩어졌다.

"저 올라가겠습니다."
"조심히 가거라."

조심히 가거라.

조심히 가 봤자 기다리는 이 아무도 없겠지. 기댈 곳 하나 없는 내 인생이 퍽 고달프다고 느껴졌다. 나에게는 아무도 없다. 문득 묻고 싶은 것이 생겼다.
"아버지."
"왜 그러냐."
"어머니는 어떤 분이셨습니까?"
아버지는 잠시 하늘을 응시했다. 생각이 많아 보였다. 이윽고 내게 말했다.
"네 어미처럼 고운 사람은 없었을 거다. 마음씨도 참 착했지."
"그런데 왜 떠난 겁니까?"
"그리우냐?"
"네?"
"너도 떠나지 않았느냐. 그 사람이라고 이곳에 있고 싶었겠느냐."
"…네."

그렇다면 당신은 왜 이곳에 있는 것인가.

"아버지는 왜 안 떠나신 겁니까?"

아버지는 아무 말이 없었다.

"먼저 들어가겠습니다."

"묶였다."

"네?"

"살다 보면 누구에게나 어느 순간 딛고 있는 그 땅에 발이 묶이는 순간이 온다. 그렇게 되면 그곳을 떠나지 못해. 떠나고 싶어도."

아버지는 담뱃재를 털고는 말없이 방 안으로 들어갔다.

그 땅에 발이 묶이는 순간이 온다.

그렇다면 어머니는 이곳에 발이 묶이지 않은 것이겠지. 지금 내가 어머니를 볼 수 없는 건 어머니가 다른 곳에 닿아 그곳에 발이 묶였기 때문일까. 내 존재만으로는 당신을 묶을 수 없었던 것이겠지.

마지막 채비

사북은 평소의 모습으로 돌아왔다. 광부들이 목숨 걸고 지켜 내던 다리는 다시 왕래의 수단이 되었다. 탄광 역시 다시 가동되었다. 그러니 앞으로 가스가 새어 나오는 일도 없을 것이다.

적어도 가스 때문에 정신을 잃는 이는 없겠지.

그러나 미쳐 가는 아이들이 더 나오지 않을 것이라고는 장담할 수 없었다. 어쨌든 표면적으로는 모든 것이 해결되었다. 이곳에 도착해서 이리저리 뛰어다녔던 나의 분투는 처음부터 아무 의미가 없었다. 나는 집으로 돌아와 떠날 채비를 했다. 이 좁은 방도 이제는 마지막이다. 더는 다시 볼 일이 없을 것이다. 나는 사북으로 돌아오지 않을 테니까. 영원히. 온몸을 뒤덮는 퀴퀴한 냄새가 나는 듯한 좁디좁은 방에서 나는 대충 짐을 챙겼다.

그리고 밖으로 나왔다. 바람이 거세게 휘몰아쳤다. 흙과 낙엽들이 나를 마구 스치고 지나갔다. 마치 바람이 뒤에서 나를 밀어내는 듯했다.

어서 꺼져라. 이방인.

그래. 간다.

영영 사라지거라.

잘 있거라.

나는 돌아보지 않고 떠났다. 내가 들어온 길을 따라서 나는 걸었다. 들어온 길 그대로 나는 나가고 있다. 기운 없이 터벅터벅 걸었다. 아무도 없었다. 그렇게 나는 다시 그곳에 도착했다. 처음으로 나를 반겨 준 소녀를 만난 그곳. 나는 이곳에 온 처음, 담배를 태웠던 평평한 바위에 앉았다. 담배를 꺼냈다. 너덜너덜하게 부서지기 직전인 담배가 한 개비 남아 있었다. 나는 조심스럽게 담뱃불을 붙였다. 그리고 저 깊이 폐부를 충분히 관통할 수 있도록 들이마셨다. 이윽고 길고 허연 연기가 내 폐를 훑고 입에서 뿜어져 나왔다. 연기는 하늘로 올라가 천천히 사라졌다.

"당신 누구요?"
낫을 든 노인이 서 있었다. 산에서 약초라도 캐러 나온 모양이다.
"나가는 길입니다."

"사북에서 오는 길이오?"
"네."
"이 길은 웬만하면 모르는 길인데?"
"옛날에 여기서 살았었습니다."
"사북 사람들도 이 길은 잘 몰라."
그게 뭐가 중요한지 노인은 내게 계속 말을 걸었다. 어쩌면 인적이 없는 길에서 사람을 만나 반가운 것일 수도. 그러나 저 노인의 말동무가 되어 줄 정도로 마음의 여유가 있지 않았다. 나는 담배를 바닥에 문질렀다.
"이만 가 보겠습니다."
"조심하시오."
"네?"
"험한 길이 될 것이니 조심해서 가시오."
노인은 의미심장한 미소를 짓더니 제 갈 길을 갔다.

나도 내 갈 길을 가야겠지. 다시 걸었다. 길을 따라서. 그때 바닥에서 거센 진동이 느껴졌다. 진동은 거대해지며 점점 내게 가까워지고 있었다.

올 테면 와라.

나는 준비가 되었다. 그러나 그 실체의 출현에 나는 나도 모르게 덤불에 숨어 버리고 말았다. 군용 트럭들이 내가 숨은 덤불 앞에서 멈추었다. 그리고 안에서는 완전무장한 군인들이 일사불란하게 내렸다. 얼굴에 어두운 위장크림을 바른 그들의 눈에는 명령에 복종하는 맹목적인 광기가 서려 있었다. 그들은 대형을 맞추고 기계적으로 탄창을 총에 끼웠다. 수많은 군인들이 장전하는 날카로운 금속 소리가 산을 울렸다. 내가 목격한 광경을 통해 나는 깨닫게 되었다. 평화로운 협상은 애초부터 없었다. 군인들이 왔다는 것은 총칼로 광부들을 짓밟겠다는 뜻이다. 이 정권이 늘 그래 왔듯이 말이다. 나는 덤불이 가득한 내리막을 숨어서 기었다. 트럭 행렬의 뒤편에서는 욕설이 난무하고 비명 소리가 들렸다. 무고한 사람들이 옷은 다 벗겨지고 손은 밧줄로 묶인 채 군인들에게 맞고 있었다.

야, 저 새끼도 벗겨!

군인들은 앙상하게 마른 사람들의 옷을 마구 벗겼다. 군인들의 입에서 끔찍한 말들이 난무했다.

좆다운 좆을 달고 다녀. 이것도 좆이냐?

이 씨발년. 이 가슴 좀 보게나.

군인들은 덜덜 떨고 있는 여자의 가슴을 마구 움켜쥐고 조롱했다.

남자깨나 후렸겠네.

군인은 바지를 내리며 말했다.

빨아 봐. 야! 내 말 안 들려? 이 개년아.

…살려 주세요.

여자는 덜덜 떨며 시키는 대로 군인에게 다가갔다. 차마 볼 수 없었다. 저들은 울음소리조차 겁에 질려 제대로 내지 못했다. 다른 한편에서는 군인이 여자를 겁탈하고 있었다. 그리고 그 뒤로는 순서를 기다리는 군인들이 줄 서 있었다. 기대감에 가득 찬 채.

저들은 분명 즐기고 있다.

어지러웠다. 구역질이 올라왔다. 입을 막고 소리를 내지 않으려 애쓸 때 나는 보았다. 종석이를. 분명 진실을 알리기 위해 사명감을 지니고 먼저 사북을 떠났다. 그러나 무슨 연유인지 군인들에게 잡혀서 매질을 당하고 있었다. 거친 군홧발에 이리저리 걷어차이고 있었다. 올곧은 기개는 흔적을 찾을 수 없이 사라지고 그저 손이 닳도록 빌어 대며 목숨을 구걸하고 있었다.

제기랄. 바보 같은 녀석. 도대체 네가 왜 여기 있는 것이냐. 과연 내가 너를 도울 수 있을까.

이 물음에 대답하지 못하고 있을 때 나는 맞고 있던 종석이와 눈이 마주쳤다. 아니, 마주친 것처럼 보였다. 나는 덤불 사이로 숨어 있다. 종석이 과연 내 모습을 제대로 보았을까. 종석의 눈에서는 피눈물이 흘러내리고 있었다. 저 어린 기자는 이내 고개를 돌렸다. 그리고 군인들에게 목숨을 애원했다.

기지를 발휘해 보자. 생각해 보자. 머리를 굴려 보자. 너는 경험이 있지 않으냐. 선배가 아니냐. 너의 덕목을 생각해 보라. 적어도 저 어린 기자는 너의 책임이 아니냐.

그때 땅이 무너지는 듯한 거센 진동이 느껴졌다. 무자비하게 거대한 탱크. 그게 멀리서 다가오고 있었다. 나는 그 모습에 모든 의지가 사라졌다. 탱크는 길을 지키고 있는 장승을 밀고 나아갔다. 장승은 힘없이 쓰러져 탱크의 육중한 캐터필트에 밟혔다. 장승이 으스러져 가는 소리를 뒤로하고 그저 혼비백산하여 도망쳤다. 무서웠다. 긴 전차 행렬이 군인들을 지키고 있었다. 나는 흙과 먼지를 뒤집어써 가며 미친 듯이 도망쳤다. 그리고 내 뒤로 총성이 들려왔다. 총성은 계속 이어졌다. 목적을 가진 총알들이 정확히 날아가 무고한 광부들을 맞추었을 것이다. 그리고 하늘이 울렸다. 하늘에는 헬리콥터들이 사북을 향해 날아가고 있었다. 연신 쉬지 않고 회전하는 시끄러운 프로펠러의 소음이 하늘을 가득 채웠다.

공포.

무지막지한 공포.

인간을 압도하는 절대적인 공포.

그것이 나를 지배했다. 나는 저항할 생각조차 감히 하지 못했다. 그저 비겁하고 추하게 허겁지겁 도망쳤다.

귀환

다시 돌아온 서울은 아무 일도 없는 듯 각자의 사람들이 자기 갈 길을 가고 있었다. 사북에서도 이방인이었던 나는 서울에서도 이방인이 되어 있었다. 나는 빽빽한 서울 시민들 사이에서 길을 잃은 이방인이었다. 광부들의 사정은 그 누구도 제대로 알지 못했다. 아니, 알려고 노력조차 하지 않았다. 정부가 장악한 언론의 보도에는 오직 돌을 던지는 광부들과 묶여 피를 흘리고 있는 소장의 사진만이 실려 있었다. 거짓을 담은 기사들이 판을 쳤다. 내심 기대했지만 역시 아이들에 관한 기사는 없었다. 사북의 광부들도 아이들을 신경 쓰지 못했는데 이 나라의 그 누가 아이들에 관한 기사를 내겠는가. 지금, 이 순간도 정신을 잃는 아이가 나오고 있을 수도 있다. 씁쓸한 현실이다. 그나마 나온 기사들도 더러웠다. 영혼을 팔아먹은 기사들이 역겨웠다. 그러나 내게는 역겨워할 자격조차 없다.

너는 아무것도 하지 않았다.

그렇다.

못 한 게 아니라 안 한 것이다.

알고 있다.

역겨운 자식.

나는 차마 고개를 들 수 없었다. 그저 현실을 받아들여야 했다. 현실은 저 윗자리에 앉아 있는 머리가 벗겨진 군인, 그와 그의 끄나풀들이 쥐고 있었다. 늘 그 군인의 얼굴이 방송에 나왔다. 그의 얼굴에는 생기가 넘쳤다. 그 이유는 욕심 덕분이다. 욕심은 인간을 젊게도 늙게도 만든다. 그의 탐욕스러운 얼굴은 양심 없는 젊음이었고 그의 벗겨진 몇 가닥 없는 머리는 추악한 늙음이었다. 그를 믿어야만 했다. 그래야 살아남을 수 있는 시대였다. 그 누구도 감히 토를 달지 못했다. 그저 눈치만 볼 수밖에 없었다. 그렇게 권력에 대한 욕심으로 가득한 그가 제공한 사진들과 한정된 정보에 사람들은 점점 익숙해져 갔다. 종국에는 그들이 우악스럽게 들이민 정보를 믿은 사람들은 광부들에게 힐난을 던졌다. 처음에는 다들 믿지 않는다. 그러나 거짓이 한 번, 두 번 반복되면 적응을 하게 된다. 적응이 끝나면 차츰 믿게 된다. 거짓이 진실이 되는 것이다. 그때가 되면 돌이키지 못한다. 저들의 농간에 놀아나는 수밖에 없다.

비상계엄 발동

진압 군인 사상자 발생

공수부대 투입 결정

폭력 광부 성공적 진압 완료

사북 사태 합동 수사 시작

폭력 광부 110명 연행

북괴의 개입 의심

주동자 중 간첩 색출 확인

북괴 지령 증언 확보

온갖 거짓이 서울을 휘감았다. 서울 시민들은 자신들이 접한 정보를 굳게 믿었다. 그리고 사북의 광부들을 개탄하며 혀를 끌끌 찼다. 인간으로서의 기본적인 권리를 요구하던 이들에게 무참한 잣대를 들이밀었다. 그들은 광부들의 사정보다 석탄 공급이 제때 이루어지는 것이 더 중요했다.

지금 시국이 어느 시국인데.

겨우 광부들 주제에 감히 시위를 일으켜?

아직도 간첩이 판을 치다니.

경찰서까지 방화해?

경찰관이 광부들에게 죽었다고?

이게 그냥 폭도들이 아니구먼.

빨갱이들 짓 아니야?

이런 망할 빨갱이들.

대체 어디까지 침투한 거야?

서울까지 번지는 거 아니야?

서울 시민들은 분개했다. 그들에게 광부들은 폭력적인 불순 종자들이었고 무장 공비들에게 세뇌당한 빨갱이들이었다. 그 어떤 이도 한정된 정보에 의구심을 던지는 이들이 없었다. 그들에게 사북에서 발생한 사건은 단지 일하기 싫은 배부른 광부들이 일으킨 '광부들의 폭동', '공포에 휩싸인 탄광', '유혈 난동'으로만 기억될 것이다. 또는 시뻘건 빨갱이 개새끼들에게 세뇌당한 광부들의 폭동으로 정의되겠지. 그러나 나는 알았다. 정부에서 발표한 정보들을 가지고 유추할 수 있었다. 나는 사북에서 직접 보고 느꼈으니까. 광부들에게 제공한 노사 합의는 거짓이었고 집으로 돌아간 광부들은 무방비 상태에서 체포되었겠지. 그리고 우는 아내와 아이들을 뒤로한 채로 끌려가 모진 고문을 받았겠지. 내가 감히 상상도 못 하는 창의적인 고문 말이다. 분명 광부들은 저 지하에서 폭행을 당했을 것이다.

이빨이 깨지고 온몸이 불어 터져 피투성이가 되었을 그들. 그중에는 종석이도 있겠지. 시위에 참여하지 않은 무고한 이들도 폭력 광부들로 정의되어 갇혀 있겠지. 그리고 내게 주먹밥을 건네주고 광부들에게 돌을 날라 주던 따뜻하고 억센 부녀자들 역시 끌려가 군인들에게 못 볼 꼴을 당한다. 이를 즐기는 군인들의 모습이 머릿속에 그려졌다. 아마 각 잡힌 대오를 갖추어 줄을 선 채로 자신들의 차례를 기다리고 있었을 것이다. 그렇게 군인들의 군홧발에 차이다 견디지 못한 광부들은 군인들이 원하는 거짓 자백을 내뱉을 수밖에 없다.

맞습니다.

제가 그랬습니다.

제가 선동했습니다.

제가 경찰서에 불을 질렀습니다.

제가 고귀한 민주 경찰을 죽였습니다.

제가 무고한 소장을 묶고 모질게 폭행했습니다.

제가 북괴 김일성이를 찬양하고 국가전복 시도를 하려 했습니다.

이 무참한 거짓이 진실로 둔갑되었다. 거짓이 진실이 되고 진실이 거짓이 되는 세상. 그리고 이게 자연스러운 세상. 거짓을 강요하는 세상. 그것이 작금의 세상이다. 광부들은 공산주의가 무엇인지 빨간 것이 무엇을 뜻하는지 제대로 알지조차 못한다. 그런 그들에게 그들도 모르는 사이에 불순분자라는 칭호가 붙었다. 더러운 현실이다. 그러나 진실은 분명 사북에 존재한다. 진실은 온 뼈가 부서지도록 맞은 광부들이 뒤에서 찔러 대는 총칼에 못 이겨 성치 않은 몸을 이끌고 다시 탄광으로 들어갔다는 것이다. 이 나라에서 석탄은 필수품이니까. 석탄은 우리의 삶 깊숙이 침투한 생필품이니까. 석탄 없이 이 나라가 존재할 수는 없으니까.

무력자

내심 종석이가 그곳에서 빠져나와 신문사에서 나를 마중 나오는 그림을 바랐지만 그런 일은 없었다. 종석이는 서울에 존재하지 않았다.

"여기까지만 하게."

편집장이 내 눈을 마주치지도 않고 귀찮다는 듯이 명령했다. 그러나 항변하기도 대꾸하기도 싫었다. 더 이상 내게 기자 자리는 의미가 없었다. 미련도 없었다. 비겁한 겁쟁이가 무슨 글을 쓸 자격이 있겠는가.

"…알겠습니다."

나는 먼지 가득한 내 자리에서 짐을 챙겨 나왔다. 그리고 터덜터덜 걸어 집으로 향했다. 어두컴컴한 반지하 셋방에서 나를 반겨 주는 이는 어느 틈엔가 잔뜩 줄을 친 거미 한 마리가 전부였다. 나는 짐을 내려놓고 바닥에 멍하니 앉아 있었다. 조그만 창틈으로 해가 지고 있는 것이 보였다. 바닥에 앉아 생각에 빠진 지 어느새 반나절이나 지나 있었다. 나는 자리에서 일어나 밖으로 나갔다. 그리고 무언가에 홀린 듯 허름한 술집에 들어가 김치찌개와 소주 한 병을 시켰다. 왁자지껄한 술집의 분위기에 머리가 어지러웠다. 나는 그만 밖으로 나가 하수구에 구토하고 말았다. 몸 안에 남아 있던 모든 것을 다 쏟아 냈다. 그러고 나니 갑자기 미칠 듯이 허기가 졌다. 나는 토사물이 묻은 입을 소매로 닦고 다시 술집 안으로 들어갔다. 찌개가 나와 부글부글 끓고 있었다. 내가 나간 사이 상이 나온 모양이다. 주인은 내게 소주를 갖다주었다.

"잘 먹겠습니다…."

그러나 주인은 여기저기서 불러 대는 북새통에 내게 대답하지 않고 가 버렸다. 나는 숟가락을 들어 찌개를 한 입 먹었다. 새콤한 맛이 강렬한 김치찌개였다.

분명 종석이도 좋아했겠지….

"여기 잔 하나 더 주십시오."

주인은 내게 잔을 하나 더 가져다주었다. 그리고 잘 익은 후라이 한 장을 내 앞에 내려놓았다.

"안 시켰습니다."

"서비스야."

"…감사합니다."

"누가 또 오나 보네?"

나는 대답하지 않았다.

"본 적 없는 얼굴인데? 처음 왔나?"

나는 고개를 끄덕였다.

"여기 살아요?"

"…네."

"앞으로 자주 와요. 내가 여기 맛은 장담해."

"감사합니다."

"내가 여기 주인인데…."

그러나 주인은 말을 이어 나가지 못했다. 자신을 부르는 여러 왁자지껄한 목소리에 이끌려 내 앞에서 사라졌다. 나는 두 개의 잔에 술을 따랐다.

나 한 잔, 그리고 부러진 이에게 한 잔.

나는 소주잔을 들이켰다. 차가운 소주가 내 위장을 훑고 시원하게 내려갔다. 이윽고 그 차가움은 뜨거움으로 바뀌었다. 연거푸 들이켜자 몸이 후끈하게 달아올랐다. 취기가 올라오고 주변의 소음이 희미해지기 시작했다. 시끌시끌한 그 술집에서 나는 철저하게 혼자였다. 외로움과 고독함이 나를 감쌌다. 그러나 이 감정이 낯설지는 않다. 늘 그래 왔으니까.

언제 내가 누군가에게 기댄 적이 있었나? 누군가 내게 기대는 것을 허락해 준 적이 있었나?

없다. 없었다. 나는 남에게 관심을 가지지 않았으니까. 그저 내 밥벌이

하기에 급급했다. 나 홀로 살아가는 것이 익숙했다. 괜히 마음의 문을 열고 남에게 오지랖을 부리기 싫었다. 그러나 나는 빚지고 살 수 있는 사람은 아니었다. 남에게 호의를 받으면 나는 금방 그 빚을 갚았다. 결코 호의적으로 갚은 것은 아니었다. 빚을 지게 되면 나중에 우환이 돼서 돌아오는 것. 나는 그것이 싫었다. 그렇기에 빚을 지고 사는 것이 싫었다. 그게 나의 성질이다. 나는 사북에서 그 빚을 갚기 위해 나름대로 노력했다. 하지만 내 인생 처음으로 빚을 갚는 것에 실패했다. 아니, 오히려 은혜를 원수로 갚은 격일 수도. 나는 나를 따르던 후배를 버렸다. 내게 선물을 건넨 아이의 희망을 저버렸다. 사북민들의 호의를 갚지 못했다. 내게 남은 건 비겁한 수치심뿐이다. 나는 모든 것을 잃었다. 내 자존심도, 내 양심도, 내 일자리도.

이제 어떻게 되는 것일까? 나의 마지막이 다가오는 것일까? 곧 나의 최후를 맞이하게 될까?

아니다.

그렇다면?

너는 먼 옛날 시시포스의 형벌을 받게 될 것이다. 너는 반드시 살아서 모든 고통을 지켜보아야 한다. 네가 할 수 있는 것은 아무것도 없다.

억울하지는 않다. 나는 죄인이다. 아무것도 하지 못한 죄인이다. 나는 죗값을 치러야 한다. 그게 어떤 방식이건. 나는 다시 소주잔을 연거푸 들이켰다. 내 앞에 놓인 잔의 소주는 미동도 없이 그대로 담겨 있었다. 건너편에 누군가 앉아 있기를 바랐다. 사북에서 있었던 나의 일대기를 누군가에게 말하고 싶었다. 변명하고 싶어서는 아니다. 그저 누군가와 공유하고 싶었다. 그 술집에서 사북의 진실을 알고 있는 이는 나밖에 없으니까. 종석이가 눈앞에 아른거렸다. 함께 한잔하며 이야기를 나누고 싶었다. 그러나 이내 종석의 마지막 모습이 환기되었다. 처참하게 얻어맞는 광경이 눈앞에 펼쳐졌다. 나는 고개를 뒤흔들었다. 그러나 한번 들어온 기억은 마치 역병처럼 번져 나가 나의 머릿속을 지배했다. 죄책감에 고개를 차마 들 수가 없었다. 나는 소주병을 들고 꿀꺽꿀꺽 마셨다. 위장으로 쏟아져 들어온 술 덕분에 정신이 아득했다. 갑자기 세상이 까맣게 변했다.

"선배."

나는 고개를 들었다. 종석이가 앞에 앉아 있었다. 머리에서 피를 잔뜩 흘리는 채로.

"선배."

나는 외면했다.

"선배."

종석이는 다시 나를 나지막이 불렀다. 간신히 대답했다.

"…응."

"손수건 있어요?"

"…뭐라고?"

"손수건 좀 주세요."

종석이 머리를 가리키며 말했다.

"피가 안 닦여요."

머리에 난 커다란 구멍에서는 이제 허연 뇌수가 세차게 쏟아지고 있었다.

"선배."

나는 대답하지 못했다. 그저 외면했다.

"선배, 도와주세요."

"…종석아."

"도와주세요, 선배."

"…미안하다."

이봐요!

술집을 뒤흔드는 목소리가 들렸다.

이봐요!

정신을 차리니 주인이 나를 흔들어 깨우고 있었다. 술집에는 나를 제외하고 아무도 없었다.

"이제는 집에 가야 해요."

"네?"

그러자 주인은 시계를 가리켰다.

"곧 통금이에요."

"알겠습니다."

나는 호주머니에서 돈을 꺼내 계산하고 나왔다.

"잔돈은 괜찮습니다."

주인은 나를 꾸짖었다.

"돈 무서운 줄을 몰라. 자, 받아요."

주인은 멍하니 서 있는 내게 잔돈을 쑤셔 넣었다.

"조심히 가요. 다음에 또 오고!"

바깥에는 통금 시간이 되기 전에 귀가하려는 사람들이 바삐 움직이고 있었다. 그러나 나는 집으로 가기 싫었다. 통금이 이제 내게 무슨 상관이란 말인가. 나를 기다리는 이도 반기는 이도 없다.

심연

나는 정처 없이 밤길을 걸었다. 이곳저곳 종이상자처럼 쌓인 집들에 불이 하나둘 들어오기 시작했다. 점점 거리에 사람들이 줄어들기 시작했다. 이따금 통금을 어긴 이들이 경찰들에게 잡혀가고 있었다. 하지만 나는 숨지 않았다.

될 대로 되라지.

그리고 비가 내리기 시작했다. 나는 개의치 않고 걸었다. 한 방울씩 떨어지던 가랑비는 어느새 장대비로 바뀌었다. 온몸이 흠뻑 젖고 말았다.

춥다. 몹시 추웠다. 싸늘하다. 그러나 내게 추위를 느낄 자격이나 있을까. 추위에 덜덜 떨고 있는 나의 모습도 위선자처럼 느껴졌다. 무작정 걸었다. 이곳이 어디인지 가늠이 안 될 만큼 한참을 걸었다. 통금 시간은 이미 지난 지 오래였다. 나는 물웅덩이를 잘못 밟아 넘어지고 말았다. 그 바람에 흙탕물을 뒤집어쓰고 말았다. 눈에 들어간 흙탕물에 나는 정신을 차리지 못했다. 그저 허우적거리고 있을 때 희미한 소리가 들렸다.

「이봐요!」

분명 목소리가 들렸다.

「아무도 없어요?」

소리는 바닥에서, 저 지하에서 올라오고 있었다. 다시 눈을 씻어 내고 나니 내 앞에 맨홀 구멍이 보였다. 맨홀 뚜껑이 벗겨져 바닥에 놓여 있었다. 누군가 열고 다시 닫아 놓지 않은 것이다.

이런.

이 밤에 누군가 실수로 이곳을 지나간다면 십중팔구 크게 다치거나 목숨을 잃을 수도 있다.

「이봐요!」

다시 목소리가 들렸다. 목소리는 아까보다 더욱 명확하고 또렷하게 들렸다. 그 소리는 맨홀 구멍에서 들려오고 있었다.

「도와주세요!」

안에 사람이 있다. 확실하다. 나는 대답했다.

"조금만 기다려요!"

그러나 대답은 돌아오지 않았다. 불길한 상상이 들었다. 누군가가 이 폭우가 쏟아지는 밤에 저 시커먼 지하에 갇혀 있다. 어서 구해야 한다. 나는 황급히 구멍으로 향했다. 철제 사다리가 지하로 이어져 있었다. 그러나 망설여졌다. 그 순간에도 나는 비겁하게 저 칠흑 같은 어둠이 두려웠다.

「아무도 없어요?」

다시 목소리가 들렸다. 나는 정신을 바로잡았다.

「도와주세요!」

나는 대답했다.

"기다려요! 금방 갈게요!"

나는 사다리를 붙잡고 내려갔다. 점점 어두워지기 시작했다. 아무것도 보이지 않는 어둠 속에서 나는 지하에 착지했다. 아니, 추락이라고 표현해야 맞을 것이다. 바닥이 그곳에 있으리라고는 몰랐기에 나는 발을 헛디디며 넘어졌다. 바닥에는 물이 가득했다. 깨끗한 물이 아니라 더러운 오폐수였다. 냄새가 끔찍했다.

「어디에 있어요? 빨리 와 줘요.」

계속해서 들려오는 목소리에 나는 고통을 참고 황급히 일어났다.

"가고 있어요!"

벽을 손으로 만지며 나는 천천히 앞으로 나아갔다. 그리고 최대한 걸어온 길을 기억하려고 했다. 이 퀴퀴한 지하에서 길을 잃으면 나도 저 사람과 같은 처지가 되고 말 것이다. 벽면의 울퉁불퉁한 특징들을 기억하며 앞으로 한 걸음, 한 걸음씩 걸어갔다. 점점 목소리의 진원지와 가까워지기 시작했다.

"어디 계십니까!"

나는 목청껏 소리쳤다. 내 목소리가 지하에 울려 퍼졌다.

「이쪽이에요.」

나는 조심스럽게 소리를 따라갔다. 어둠 속에서 손이 뻗어 나왔다.

「잡아 줘요.」

도움을 주기 위해 왔지만 정작 손을 잡기 꺼려졌다.

「어서요!」

호통에 나는 얼떨결에 손을 잡고 말았다. 그리고 거대한 힘이 느껴졌다. 나는 어둠 속으로 쭉 끌려갔다.

"이거 놔!"

한참을 끌려가고 나서야 그 손은 나를 놓아주었다. 갑자기 손을 놓는 바람에 나는 넘어지고 말았다. 오물 가득한 물속에 몸이 처박혔다. 만신창이가 된 나는 비틀거리며 간신히 벽을 짚고 일어났다.

두렵다.

내 손을 잡은 존재가.

저 칠흑의 어둠 속에 존재하는 무언가가.

나는 덜덜 떨며 말했다.

"어디 계십니까?"

아무 대답도 없었다. 나는 무방비 상태다. 분명 어둠 속에 누군가 있다.

온몸의 모든 감각이 말하고 있었다. 그 존재는 나를 바라보고 있다고. 나는 그가 보이지 않는다. 그러나 그는 나를 보고 있다.

"어디 있냐고!"

낄낄거리는 비열한 웃음소리가 돌아왔다.

「환영한다.」

"…너 누구야?"

「너에게는 아직도 그게 중요한가?」

"…뭐라고?"

「아직도 삶에 그렇게 미련이 남았는가?」

"아니야. 나는…."

「마음 놓고 말해라. 더 이상 의미 없다.」

상대는 나를 조롱했다.

"…그게 무슨 말이지?"

나는 떨리는 목소리로 건너편에 있는 존재에게 물었다.

「두렵나?」

"뭐라고?"

「두려운가?」

"네 정체가 뭐야?"

그러나 대답은 돌아오지 않았다.

"나는 순전히 돕기 위해 내려왔어. 비겁하게 숨어 있지 말고 앞으로 나와!"

「도우려고 했다고?」

"그래."

상대가 코웃음을 쳤다.

너는 그 누구도 돕지 못했다.

그 말에 차마 대답하지 못했다.

「너는 시늉만 냈을 뿐이다. 위선자가 해서는 안 되는 변명이지.」

나는 조심스럽게 뒷걸음질 쳤다. 내가 들어온 방향으로 다시 나가야만 한다. 저 사악한 존재에게서 떨어져야 한다.

「여기서 나가려고 하나? 출구는 없다.」

거짓말이다. 분명 나를 속이고 있다. 나는 들어온 방향으로 계속해서 되돌아갔다. 점점 빛이 보이기 시작했다. 맨홀 구멍으로부터 빛이 들어오고 있었다. 희망이 보이는 듯했다. 빛이 있는 곳으로 향했다. 사다리가 보였다. 그러나 사다리가 손에 잡히지 않았다.

「위를 보지 말고 아래를 보아라.」

다시 목소리가 들려왔다. 그리고 나는 보고 말았다. 내가 그곳에 쓰러져 있었다. 머리에 피를 흘리는 채로. 맨홀 구멍으로 빛이 들어와 쓰러진 나를 비추고 있었다.

나는 죽었다.

어둠 속에서 누군가 걸어 나왔다. 사북에서 목격했던, 날 보며 비웃던 바로 그 끔찍한 존재였다.

「이제 인정해라.」

인정할 수 없었다. 그러나 나의 몸뚱어리는 그 자리에 쓰러져 미동조차 없었다. 그렇다면 나의 죽음을 인정해야겠지….

"…알겠다."

「우리와 함께하자.」

"그러면 무엇이 달라지는 것이냐?"

「함께 이 세상을 어둠으로 물들이자. 우리의 세상으로 만들자. 지금 같은 황금기야말로 우리의 기회다.」

어둠으로 세상을 물들이자고 했다. 나는 더 이상 살아 있는 생명이 아니다. 어쩌면 어둠의 세상으로 만든다면 내 보금자리를 마련할 수도 있겠지. 그래. 네가 맞다. 어둠의 세력에게 작금의 세상만큼 황금기가 어디 있겠나.

그러나 궁금한 것이 하나 있었다. 지금껏 풀리지 않던 근원적인 질문.

악귀

"한 가지만 묻자."

「그게 무엇이냐?」

"너는 귀신인가?"

「그게 중요한가?」

"대답해라."
「그렇다. 이제 대답이 되었는가?」

그 순간 내 머릿속에 말이 스치고 지나갔다.

있고 없고가 중요한가? 중요한 것은 믿음이다. 진정으로 믿는 것. 있다고 믿는다면 존재할 것이고 없다고 믿으면 존재하지 않을 것이다.

너는 지금 여기에 없다.

잠시나마 요설에 넘어갈 뻔했다. 그러나 점점 머릿속이 깨끗해졌다. 앞이 보였다. 내가 해야 할 일이 무엇인지… 아니, 하고 싶은 일이 무엇인지.

나는 깨달았다.

"싫다."
나는 대답했다.
「어째서지? 아직도 미련이 있는가? 너는 죽었다.」
"알고 있다."
「내가 장담하지. 너는 어둠의 세상 속에서 영원한 존재가 될 것이다.」
"아니. 나는 너의 존재를 믿지 않는다. 너는 존재하지 않는다. 그렇기에 어둠의 세상 역시 존재하지 않는다."
「어리석군. 직접 보고도 듣고도 믿지 못하는가?」

"앎과 믿음은 다르다. 너는 존재하지 않는다."

나는 존재한다! 나는 이곳의 지배자다!

그의 분노에 온 지하가 진동했다. 나는 결심했다. 믿기로 했다. 올라갈 수 있으리라고. 그렇게 믿으며 사다리를 잡으니 손에 잡혔다. 나는 천천히 구멍으로 올라갔다. 그리고 맨홀 뚜껑을 끌어당겨 구멍을 닫았다. 지하에 빛은 사라지고 어둠만이 남았다.

「무슨 짓이냐!」

"나는 너를 믿지 않는다. 다만 더 이상 피해자가 나오는 것은 막아야겠지."

「이래 봤자 너에게 득이 되는 것은 아무것도 없다!」

"네 말이 옳다. 허나 나는 죽은 자를 믿지 않는다."

「그렇다면 너는 모두에게 잊혀 사라질 것이다.」

"그럴 수도 있겠지. 하지만 나는 뜻을 믿는다."

「뜻이라니?」

죽은 자의 고귀한 뜻은 그 영향을 받은 산 자들이 이어 나가리라.

「설마 네가 고귀하다는 뜻이냐? 너 같은 비겁한 위선자가? 나는 너를 잘 안다.」

"아니야. 나는 고귀하지 않아. 네 말대로 비겁한 겁쟁이다. 다만 이곳에 떨어져 다치는 이가 없었으면 한다. 그게 나의 작은 뜻이다.”

「그런다고 해서 바뀌는 건 없다. 이 어둠은 나의 세상이다. 나는 영원하다!」

“어둠이 있으면 빛 또한 있겠지. 밤이 아무리 깊어도 결국 아침은 찾아온다. 물론 그게 지금은 아니다. 가까운 미래도 아닐 수 있겠지. 그러나 영원한 것은 없어.”

그러자 분노의 울부짖음이 들렸다. 하지만 그 소리는 서서히 사그라들었다. 이윽고 하수구 천장에서 물이 한 방울씩 똑 하고 떨어지는 소리만이 지하를 울렸다. 죽음을 맞이하고 나서야 비로소 알게 되었다. 지난 과거가 부끄럽고 후회스러웠다. 차마 고개를 들 수 없었다.

조금 더 일찍 현명했더라면, 조금 더 일찍 행동했더라면.

미련을 버리고 모든 것을 내려놓고 나서야 깨달았다. 그러나 너무 늦었다. 점점 정신이 아득해지고 멀리서 빛이 보이기 시작했다.

마지막이 다가오는 것인가.

빛 속에서 고양이 한 마리가 내게 천천히 걸어왔다. 굳이 자세히 확인하려 하지 않아도 사북의 골목길에서 내가 묻어 준 고양이라는 걸 알 수 있었다. 그냥 알았다. 느껴졌다. 녀석은 마지막으로 본 꾀죄죄한 모습과는 달리 살이 통통하고 털에 윤기가 흘렀다.

다행이구나. 네가 나를 인도하는 것이냐.

고양이는 내 앞까지 걸어왔다. 나는 녀석을 쓰다듬었다. 털이 부드러웠다. 이제 갈 시간이 된 것 같다. 내가 빛을 향해 걸음을 옮기려고 하는 순간 녀석이 내 발목을 콱 깨물었다. 온몸에 느껴지는 엄청난 고통에 비명을 지르고 말았다.

구원

"이봐요!"

눈을 뜨니 경찰관이 나를 흔들어 깨우고 있었다.

"괜찮아요?"

"…네?"

내가 어디 있는지 파악하기까지 시간이 걸렸다. 여전히 밤이었다. 정신을 차리니 가로등 아래 길가에 누워 있었다. 머리가 깨질 듯이 아팠다.

"내 말 들려요?"

나는 간신히 고개를 흔들었다. 경찰관이 동료에게 급하게 소리를 질렀다.

"구급차 불러!"

"…어떻게 된 거죠?"

"맨홀에 빠져 있었어요. 이런 어두운 밤에는 특히 조심해야죠."

잠시 뒤 구급차가 와서 나를 실어 갔다.

"뇌진탕입니다."

의사가 말했다.

"생명에는 지장 없는 겁니까?"

"네. 생각보다 출혈도 적어서 내일이면 퇴원할 수 있습니다. 아마 붕대 감고 며칠이면 괜찮아질 겁니다."

그리고 의사는 그를 부르는 호출에 사라졌다.

"다행이군요."

나를 구해 준 경찰관은 모자를 푹 눌러쓰며 내게 말했다.

"앞으로는 밤에 조심해요. 푹 쉬시고."

자리에서 일어나려 했지만, 몸이 무거워 다시 침대로 쓰러지고 말았다.

"쉬어요. 일어나지 말고."

"고맙습니다."

그는 말없이 의미심장한 미소를 지으며 병실에서 나갔다. 아직도 어안이 벙벙했다. 내가 겪은 것이 환상이었던 것인지 헷갈렸다. 그러나 생각할 겨를도 없이 이내 깊은 잠에 빠졌다. 다음 날 아침이 밝았다. 통증은 옅어지고 몸은 가벼워졌다. 내가 일어나니 간호사가 다가와서 링거 줄을 빼 주었다.

"진통제랑 소염제입니다. 식사 후에 드시고 앞으로 며칠 간은 조심해요."

"알겠습니다."

병원 밖을 나오니 언제 비가 내렸냐는 듯이 햇빛이 찬란하게 빛나고 있었다. 나는 햇빛 아래서 눈을 감았다. 눈부시도록 밝은 햇빛에 나의 모든 고통이 싹 사라졌다. 항상 나를 괴롭혀 왔던 머릿속 목소리도 더는 들리지 않았다.

두 번째 기회

이제 무엇을 해야 할까. 나는 기자다. 아니, 기자였다. 어제 해고되었으니 내 자리는 사라지고 없다. 아마 그 자리는 다른 누군가가 채 갔을 것이다.

그러나 반드시 신문사에서 일해야만, 그와 관련된 직종에 몸을 담아야만 기자가 되는 것일까?

의외로 쉽게 결론이 나왔다. 아니다. 내가 말하지 않았던가. 종석이에게 말한 기자의 덕목. 진정한 기자의 덕목은 진실을 밝히는 것이다. 한 치도 변질되지 않고 손상되지 않은 진정하고 순수한 진실 말이다. 그 누구보다 잘 알면서도 단 한 번도 실천하지 않았다. 먼 옛날 지혜로운 자가 말했다.

나는 일말의 주저함도 없이 언론 없는 정부보다 정부 없는 언론을 선택하겠다.

언론의 가치, 그것은 진실이다. 그것을 반드시 전하겠다. 나는 다짐했다. 어떤 일이 일어나더라도 절대 변치 않겠다.

다치고 짓밟힌 이들을 위하여. 죽어 간 이들을 위하여.

더는 숨지 않겠다. 더는 방관하지 않겠다. 더는 좌시하지 않겠다. 눈치를 보며 가능성을 저울질하지 않겠다. 진정으로 믿겠다. 나 자신을. 내가

반드시 해낼 수 있으리라고 믿겠다. 의심하지 않겠다. 남에게 끌려다니지 않겠다. 확고해지겠다.

뭐, 믿음이 배반당할 수도 있겠지. 아무렴 어떤가.

적어도 나는 나 자신을 믿기로 했는데.

나는 집으로 돌아갔다. 집에 도착하자마자 펜을 집었다. 그리고 내가 겪은 모든 일들을 하나도 빠짐없이 낱낱이 기록하기 시작했다. 내 죄를 용서받을 수는 없다. 그러나 적어도 이 행동이 그간 내가 폐를 끼치고 모른 척하고 도망쳤던 모든 이들에 대한 사죄가 되었으면 한다. 나는 원고를 다 쓰고 세 번, 네 번, 다섯 번을 다시 확인해 가며 고쳤다. 모든 일을 기록한 완벽한 원고가 될 때까지. 그렇게 밤을 새워 원고를 완성했다. 아이들, 광부들, 아낙들, 사북의 모든 이들 하나 놓치지 않고 모두 적었다. 이제 더 필요한 것이 무엇이 있을까.

사진

그보다 중요한 증거는 없다.

나는 짐을 뒤졌다. 그러나 그 어디에도 카메라가 없었다. 불현듯 기억이 났다. 실의에 빠져 사북을 힘없이 빠져나올 때 짐을 제대로 챙기지 않았다. 그때는 의미가 없다고 생각했다. 그렇게 카메라를, 그 진실을 내버려

두고 왔다.

진실은 그 카메라에 있다.
진실은 그 어두운 방 안에 있다.
진실은 사북에 있다.
다시 돌아가야 한다.
다시 돌아가야만 한다.

그곳이 출발점이다. 나의 진원지이다. 그곳을 해결해야 비로소 그다음으로 넘어갈 수 있다.

나는 그 즉시 자리에서 일어나 역으로 향했다. 이전과는 다르다. 누군가의 명령으로 끌려가는 것이 아니라 나 스스로의 의지로 가는 것이다. 역은 이리저리 각자의 목적지를 향하는 사람들로 붐볐다. 나는 기다렸다. 점점 줄이 짧아지고 내 차례가 왔다. 역무원이 물었다.

어디로 가시죠?

나는 말했다.

사북